ユイエ短編集

etc《エトセトラ》…著

文芸社

ユイエ短編集＊目次

ユイエ短編集

第二の地球

オギャア、オギャア
オギャア、オギャア

生まれました、かわいい男の子ですわ。
あなた、生まれたわ、この子に名を。
貴広だ、お前、よくがんばったな。
貴広、かわいい、ぼうや。

「ナイス　シュート」
「やったな、おい、タカ、どうしたんだ、ボーッとして」
「いや、何でもない、ただ…」

「どうしたんだ」

「この景色、前にも、どこかで見たような気がして……」

「おかしなこと言うな、タカ」


「貴広、ごはんよー」

「母さん、今日は何だ」

「とんかつとロールキャベツよ。貴広、ごはんよ、おりてらっしゃい」

「お、今日は巨人、勝っているな、いいぞ、その調子だ」

「貴広ー、ごはんよー。早く、おりてらっしゃい」

「いらない」

「あら、どうして?」

「今日は、食欲がないんだ」

「だって今日は、貴広の好物の…」

「とんかつとロールキャベツ…」

「あら、どうしてわかったの…」

「負けるよ」

「え、何が?」

「巨人、五対四で、逆転負けする」

「え、どうしてそんなことわかるんだ」

「今日は、ごはんいらない」

「変な子ねえ」


「おい、貴広、待てったら!」

「最近、お前、つれないぜ。放課後ぐらい遊ぼうぜ」

「新しいCD持ってきたんだ。いっしょに聴こうよ」

「いや、いい。英語の勉強があるから…」

「もう、受験勉強してるのかよ、気が早いやつだな」

「たまには、息抜きしろよ。お前、生き急いでいてどうする」

「……この世は、競争だよ。一分一秒をムダにするやつが負けるんだ」

「貴広、お前、少しおかしいぜ」

「まあ、いいや。こんなやつ、相手にするな。行こ、行こ」

「貴広、どうしたのよ。そんなにポストばかり見つめて…」

「いや、大学受験の知らせ、まだ来ないかなあと思って…」

「そんなに見つめたって、結果は変わんないわよ」

「うん、わかってる。ただ…」

「ただ、何？　受かるといいわね、東大」

「うん、誰もじゃましてなかったら、たぶん受かってる」

「神様しだいよ」

「神様…。母さん、あそこに変な男の人がいる」

「おかしな子ねえ。さあ、家の中に入って」

「いや、ここにいる」

「カゼひくわよ。それに、ポストは逃げてゆかないわ」

「ポストは逃げないよ、ただ…」

「何？」

「変なやつが、レタックスを持っていきやしないかと思って…」

「ばかねえ、そんなこと考えてるの。持っていってどうするの？」

「大学に、『やっぱり入学するのはやめます』って、そいつが電話するかもしれない。そしたら、ぼくの努力が水のアワだ。そんなことはさせない」

「あなた、少し頭がおかしいわよ。勉強し過ぎて、どうかなっちゃったの？」

「この世には、おかしなやつが山ほどいる。そういうやつらから身を守るのは、自分の力だけなんだ。それと運だ。どんなに才能があっても、運がないやつは負けるんだ」

「カゼでも、ひいたのね。早く、中へ入ってらっしゃい」

「この世には、ぼくの不幸を願っている、ぼくを不幸にしようと躍起になって動いている敵が、ウヨウヨいるんだ。やつらに心はないんだ。あるのは、ぼくが苦しみ、もがき、死んでゆくビジョンだけだ。負けてたまるか。できれば、そんなやつらとは関わり合いたくなかったが、これもぼくが背負った運命ならば、やむを得ない。深い人生であればあるほど、神の目が近づいているはずだ。これがぼくの背負った運命ならば、神はきっと、そこに何かメッセージを用意しているはず。何に対しても意味を求めることは無意味なことだが、ぼくの人生は、他の平凡な、毎日を普通に暮らしている、敵のない平和な人々とは明らかに違う、意味のあるものなんだ。もう、普通の人生は望まない。こうまでなったからには、ぼくは必ず、普通の人にはできないことをやってみせる——」


それから十年後…。

ある古本屋に、一人の男が立っている。その男の服は、汚れ古びていて、はいているクツもボロボロ、頭もボサボサで、顔はヒゲだらけでどこか疲れきっている。ただ、目だけは、その鋭い光を持った目だけは、普通の人にはない、意志を感じさせる。何か特別な運命を背負った、そんな目をしていた。

彼の名は、金子貴広。すでに読者もご存じの彼は、今年でもう二十八歳になっていた。彼がこの十年間、どこをどうさまよい、何をして生きてきたかは、あえて書かない。ただ、彼の風貌で、どのような人生を歩んできたか、想像にお任せする。彼は今、何を考え、何を求めているのか、そのひび割れた唇からは、

「負けてたまるか」

と絶えず、小さな音が響いている。古本屋の主人も、変なやつが来た、といぶかしげに思っているに違いない。本の中を泳いでいた彼の目が、一冊の本の上で止まった。彼は、その本を手に取り、パラパラとページをめくった。初めて見る本なのに、彼にはなぜかその本が懐かしかった。本のタイトルは「第二の地球」。筆者・山崎進。この作家は、彼と同じ二十八歳で、この本を世に出したきり行方不明となり、世間を騒がせた、謎のベールに包まれた人物である。彼は気違いのようにページをめくっていたが、ある一点で目が止まった。彼は、食い入るように、そこに書かれてある文字を見つめた。ちょうど、十四ペ

ージの二行目の文字であった。その文字とは、「ピンポーン、ピンポーン」である。

「ピンポーン、ピンポーン」

今日もまた、玄関のチャイムが鳴った。山崎はワープロから目を上げ、インターホンを乱暴に手でつかんだ。

「はい」

「……」

また返事がない。

「どちら様でしょうか？」

「……」

山崎はインターホンを元に戻した。そしてまた、ワープロの前に座った。

「一体、誰だ？　ここに引っ越してからというもの、しょっちゅうやって来る。きっと、あいつだ。あの、メガネをかけた、おかしなやつ。勝手にカギをあけて、中へ入ろうとした、ボサボサの髪をした変なやつ。あいつが、嫌がらせでチャイムを鳴らしているんだ。作家としてのオレの地位をねたんでいるからだ。今度来たら、タダじゃおかない。この忙しい最中なのに。もうすぐだ、もうすぐで、この原稿も完成する。この『第二の地球』は、今までの作品よりも、いい調子で進んでいる。きっと、すばらしい小説になるはずだ。……なぜだろう、すばらしいものが書けそうな時ほど、強い不安が襲ってくる。死んでしまうような心細い気持ちになってくる。誰かに邪魔されるような気がする。さっきのやつか？いや、考え過ぎだ。この不安は、きっと過去でも現在でも、とてつもないものを作ろうとしている者なら、どんなやつでも味わう、避けて通れない特殊な不安なんだ。作家にはつきものの不安だ。この不安の連続なんだ。うまく、つきあってゆくしかない。考えてみれば、オレは恵まれている。作家として成功し、親も健在だしお金に不自由もしない。周りの人たちもいい人ばかりだし、愛する女性もいる。運命はオレに味方し、今まで勝ってきた。これからも何の障害もなく、生きてゆける。この世はバラ色だ」

「この世はイバラだ」

進は、暗い夜道を、そうつぶやきながら歩いていた。パラパラと雨が降り、彼のメガネはくもって、視界を狭めていた。ほの白い街灯が、彼のボサボサ頭を照らしていた。

「今日の持ち込みもダメだった。ぼくの必死になって書いたものを、一目も見ないで、編集者は忙しいので、と言った。くそ、タバコだ。タバコを吸おう」

進はポケットからタバコの箱を出した。だが手がすべって、水たまりの中に落としてしまった。

「くそ、やっぱりツイてない！」

彼は、自販機を探した。だが、辺りには、それらしきものがなかった。彼はイライラしながら歩いた。

「タバコ、タバコ…考えてみれば、ぼくは恵まれていない。作家としていまだ第一歩が取れないし、親は両方とも、もうとっくに死んでいる。引き取られた義父の元ではひどくいじめられ、あげくの果てには、親の遺産も奪われ、あの大家と出会った。義父がお金を取らなければ、ぼくはもっといい所に住んで、あのボロい家の、あの大家とも出会わなかったはずだ。そして、あのくそ大家に、今でもつきまとわれるようなこともなかったはずだ」

進は雨の中、クツをビショビショにしながらさまよった。やがて雨が強くなり、彼のビニール傘は、風によってその形が崩れ、使い物にならなくなった。

「くそ、傘さんも、ぼくを裏切るのか。この世は、裏切りに満ちている。この世には、ぼくの不幸を願っている、ぼくを不幸にしようと躍起になって動いている敵がウヨウヨいるんだ。あの大家が、そうだ。そして、あの大家の手下が、そうだ。今もぼくをつけ狙っているに違いない。やつらに心はないいんだ。あるのは、ぼくが苦しみ、もがき、死んでゆくビジョンだけだ。負けてたまるか。できれば、あいつらとは関わり合いたくなかった。くそ、そもそも、あの手紙がいけなかったのか。それでこの戦いは、まだ続くはめになったのか……」

進は、激しい雨に打たれながら、あの大家とのことを思い出していた。

『TVの音、うるさいから、TVはイヤホンをして見てちょうだい』

『ガスのコンロの代金、払ってくれる。アレ、わしが買っておいたんだから』

『あんた、親がいないんだってね。保証人のところ、ウソだったんだね。あ、勝手に部屋に入ったことは、悪かったけどね』

『あまりにも部屋が散らかっているから、整理しといたよ。ゴミは、わしが出しといたから…』

『夜、足音が響くんだよ。眠れないから、もう少し静かにしてちょうだい』

『親戚の人と話したよ。親戚の人、いい人じゃないの。親戚の家から大学通っても、そう遠くはないんじゃない？　敷金は還すからサ、出ていってくれない』

これらの出来事が、進の脳裏に走馬灯のようによみがえった。そして、あの手紙。

「出ていくから、喜んでください」

この一言が、大家を激怒させ、そして進は引っ越したが、引っ越してから周りに不気味な影がつきまとい、妙な出来事、それも悪い事が多くなった。

「きっとあの大家が、まだぼくのことを恨んでいて、手下を使ってぼくの周りをウロチョロして、ぼくを不幸にしようと手ぐすね引いているんだ。きっと、そうに違いない」

人間とは不思議なもので、自分がある人を恨んでいると、その人も自分のことを恨んでいるように思えてきて、ますますその人が脅威に思えてくる。恨みの対象に、無言電話をかければかけるほど、より深く、相手が怖くなる。自分の恨みが消えれば、相手も自分を恨んでいるなどとは思わなくなる生き物だ。だが、進はまだ、そのことに気づいていなかった。

「あの大家がゴミとして捨てた、ぼくの血と汗と魂の結晶の作品たちは、五十にものぼる。この世は、才能のある、優れた人物ほど、足を引っ張る、生きている価値もないようなやつに、すべてを奪われる。そして実際、そういうやつらの方が強いんだ。だってあいつらは、失うものがないから、ただ、奪えばいいだけなんだから。こっちは必死の思いで、築き上げたものを守る。攻める方と守る方では、攻める方が立場が強いにきまっている。そしてやつらは、その奪ったものの価値すらわからないほど低能なんだ。こっちは、少しでも抵抗しようものなら、すぐ、警察だ、法律だ、と騒がれ、やつらはずるがしこいから、こっちの被害は、警察の目をすり抜けるような、それでいて精神と肉体に大ダメージを与えるようなことをして笑っている。こっちはなまじっか守る物があるから、ヘタに攻撃すると、その反撃で、また何か奪われるんじゃないかと弱気になり、ただ泣き寝入りするしかない。耐えるしか、他に手がないんだ。そして誰かに泣きついても、その人の同情、あわれみはその場限りで、たやすく消える。こっちが心に描いているようなやさしさ、ぬくもりは、この世に存在しない。空想の産物でしかないんだ。やってられないよ。正義と悪を正しく裁く神がいるなら、少しは救われるけど、今までのぼくの不幸を思うと、神も空想の産物としか思えない。神がいないと思うとゾッとする。この世は、悪の方が圧倒的に強いからだ。なぜなら悪は、失うものが何もないから。今まで二十八年間生きてきて、正しい心、やさしい心は、弱くて必ず負けると、つくづく感じる。ぼくをいじめた同級生、学校の先生、義父、そしてあの大家、みんな悪で、みんなとても強い。ぼくに勝ち目はない。運命が、何かの拍子に風向きを変えない限り、ぼくの負の人生は続いてゆく。…タバコ、タバコ。ん、何だろう、この看板は?」

どこをどうさまよったのか、進の目の前に、雨に打たれて倒れかかった、一枚の看板が立っていた。そこには、「タイムキーパー」と書かれてあった。そこを通って歩いているうちに、雨も止み、見ると、いつのまにか、見なれた景色が目の前に広がっていた。タバコを買い、一服すると、雨が止んだこともあり、しだいに心が晴れてきた。

「次の新人賞に賭けよう。なに、まだ、人生が終わったわけじゃない。これからも生きてゆくんだ。これからもいろんな障害が待っているだろう。こんなところでくじけてるわけにはいかない」

アパートに着くと、ポストをあけた。中にはなにも入ってなかった。進は、またブルーになった。

「また大家の手下が勝手にあけて、中の物を全部持って行ったんだろう」

彼は、そこで立ち止まって考えた。

「今までだって、そうかもしれない。今まで何度も出版社に応募した。それが通っていたかもしれない。だけど当選を知らせる手紙を、また変なやからがポストから勝手に持っていって、そして出版社に『やっぱり当選、遠慮しときます』って、ぼくの代わりに電話するかもしれない。そいつは、たったそれだけのことをするだけで、ぼくの努力を水のアワにできる。世の中はなんて、ぼくに不都合な、いびつな仕組みで成り立っているんだ。ぼくの家に電話はない。出版社も、ぼくの敵の電話一本で、ぼくの作品の発表をやめることになるだろう。どうしてこう、後手後手に回る運命なんだろう。ええい、くそ」

彼は部屋のカギをあけ、そして驚いた。中に人がいたのである。

「誰？」

そう言ったその人物は、パジャマを着て、ワープロのような物の前に座って、タバコを吸っていた。

「すいません、間違えました」

進はそう言うなり、あわててドアを閉めると、来た道を引き返していった。

「悪い事を考えている時には、悪い事が起きる」

そう考えながら、夜道をさまよい、いつしか、いつもの自分のフトンの上で朝を迎えた。


「ピンポーン、ピンポーン」

一瞬心臓が止まるほどドキッとし、山崎はワープロを打つ手を休め、耳をすました。

「ピンポーン、ピンポーン」

彼は意を決してインターホンを手に取った。

「どちらさま?」

「……」

また無言である。彼は、玄関に出ようかどうか迷ったがやめた。そしてタバコに火をつけ、心を落ち着かせた。そして考えた。

「今は作品が何より大切だ。ドアをあけるのはやめとこう。また、あのメガネをかけた、ボサボサ頭のやつか、それとも、ただの悪ガキが、有名人だからって、いたずらをしに来たのだろう。世の中には変なやつが、ごまんといる。いちいち気にしてられるか。オレは今、世に出るべくして出るような作品を書いている。そういうものは、どう転んだって、必ず世に出る運命なんだ。世に出ず、埋もれているようなものは、どこか、何かが欠けているんだ。そういうものは、世に出るものは、たとえどんな邪魔が入っても、いつかは、必ず世に出るんだ。上へ上へと進んでゆくのだ。世に出るものに邪魔はない、邪魔が出るのは、まだまだ世に出る力がない証拠なんだ。たとえどんな障害があっても、世に出るものは、きっと出る。障害もいつかはあきらめ、去ってゆくだろう。その時が、運命の交差する中で計算された、機械じかけの針が動く瞬間なのだ。この作品も、その運命の〝時〟を待っている。あとは、導かれるだけだ。もう少しだ。もう少しの頑張りだ。光は、やがて射す」

「ピンポーン、ピンポーン」

もう、がまんできない。進は、目に見えない敵をドア越しに見つめながら、静止した。

「あの大家の手下だ。あの大家の手下が、また、ぼくが不安になるのを知っていて、わざとチャイムを鳴らすんだ。ぼくが出ないことも計算に入れているんだ。守るものがあるということは、なんて人を弱く臆病にさせることなんだろう。いや、ぼくには守るものなんて何もない。親はいないし、親戚は鬼だらけだし、作品も大家に捨てられた。友達もいないし、彼女もいない。みんな失ったんだ。もう、怖いものはないぞ」

彼は、着替えると、カギもかけずに外へ出た。手にはナイフを持っている。

「やってやる。革命だ。革命を起こすんだ。ぼくだって、やられっぱなしじゃない。負けっぱなしの人生におさらばだ。いつまでも、守ってばかりじゃ何も見えてこない。こっちから行動を起こさなくては何も始まらない。運命を、自分の手で変えることは何も怖いことじゃない。むしろ気持ちいいことなんだ。神と対決することなんだから」

彼は頭に血がのぼり、ウロ覚えの前の大家の家を探し歩いた。やがて、「タイムキーパー」と書かれた看板を横切り、大家の家にたどり着いた。ナイフを持つ手に一段と力を込めた、その瞬間、彼は思いもせぬ光景を目の当たりにした。そこでは、喪服姿の男女が行き交い、ある者は目に涙し、皆、沈痛な面持ちで、あいさつを交わしている。葬式が行われていたのであった。

「誰が亡くなったんですか?」

進は、その中の一人に思わず声をかけた。…根拠のない期待が胸をよぎったのである。

「ああ、おばあさんだよ。もう年だったからね」

それを聞いた瞬間、進は手に持っていたナイフを落とした。

「大家さん、死んだのか…」

彼は、ボーッと気の抜けたような虚脱感の中、とぼとぼと歩いていた。すると、前方に人だかりがあり、何やらザワついているのに遭遇した。彼は、その輪の中に入り、心細さを紛らわした。

「交通事故だってよ。バイクと車が接触して、バイクの兄ちゃんが死んだらしい。車のアベックは、軽いケガですんだようだ」

誰かがそう言っているのを耳に残しながら、彼は、帰り道をボーッと歩いた。

「あん、宝クジ、全部ハズレだわ」

八百屋のおばさんが、だんなに残念そうに話しているのを横目で見ながら、彼は部屋へと帰った。フトンに寝っ転がると、彼は、今日一日の出来事を何とはなしに思い返していた。

「大家が死んだ…。まるで、ぼくが殺しにゆくのを、先回りしたみたいに…。今まで、さんざん目の上のタンコブだった大家が、こうもあっさりと死ぬとは。今まで一時たりとも頭から離れなかった、憎い相手がいなくなると、こうも虚しいものなのか。これでもう、言い訳はできなくなった。ぼくの青春は、大家との青春だった。いわば、運命共同体のようなものだった。ぼくの心は、いつも、あの大家が占めていた。その大家が、もう、この世にいない。ぼくの人生の一番大事な時期を奪うだけ奪って、勝手に死んでしまった。心にぽっかり穴があいたみたいだ。……ああ、今度は、義父のことが思い浮かぶ。義父が憎い。義父がいなければ、ぼくはあの大家とも出会わずにすんだ。これからも人を恨んで生きてゆかなければならないなんて地獄だ。ぼくは人を恨まずには生きてゆけない性分なんだ。自分というものがないんだ。人を恨むことによって、心のバランスを保っているんだ。逆だったんだ。今度、義父がいなくなれば、次は昔の同級生を恨むことになるだろう。この繰り返しだ。せめて、ぼくに社会的な地位があれば、こんな不安定な気持ちも少しは安らぐはず…」

進は、本棚から一冊の本を取り出し、その作家の名前を読んだ。

「山崎　進」

彼と同姓同名である。いつか見た、パジャマ姿でワープロに向かってタバコを吸っていた姿が目に浮かんだ。彼は本をつぶれるほど握って、こう叫んだ。

「革命を、起こすんだ」

ピンポーン　ピンポーン

「今日も、あいつは部屋にいた。なに、チャンスはいくらでもある。きっと、あいつが今ワープロで必死に書いている作品は、すごいものに違いない。プロの作品なんだから、新人賞におちるはずはない。カギがいっしょだったのは、ぼくの不運の人生の中で、唯一の幸運だった。また来ることにしよう」

ふと、彼は、急に大家の家へ行ってみたくなった。大家が本当に死んだのか、もう一度確かめてみたくなったのである。犯罪者が現場に再び足を運ぶのと同じ心理で、なにげなく古びた大家の家の前まで来て、彼は世の中がひっくり返ったような衝撃を受けた。花に水をやっている大家と、目が合ったのである。彼は、猛ダッシュで往来を駆け抜けた。

「大家が、大家が生きていた！」

どこをどう走ったのか、前方に人だかりがあり、ザワついているのが目に入った。彼は息をはあはあいわせながら、そこに立ち止まった。人々の会話の声が耳に響いてくる。

「交通事故だってさ。バイクと車が接触して、車に乗っていたアベックが死んだらしい。打ち所が悪かったようだ。バイクの兄ちゃんは…」

「何だって！」

「奇跡的に軽いケガですんだらしい」

まだ、驚きが消えない彼の目の前に八百屋が立っていた。そこのおばさんが、金切り声を上げながら、だんなに抱きついている。

「やったわ、あなた、宝クジ、一等よ、一億円よー」

進は、何が何だかわからなくなった。何もかもが、この前とまるで逆だ。なにか別世界にでも迷い込んだかのように。混乱しながら、看板を足で踏んづけた。看板は、泥で汚れて「タイムキーパー」の文字がにじんでいた。


コンビニから帰った山崎は、机の上を見て驚いた。そして、ワープロをどけ、部屋中を探し回った。やがて、悲痛のうめき声を上げて泣いた。

「ない、どこにもない。全身全霊をかけて書き上げた作品が、消えた。どこに行ったんだ、こんなバカなことってあるか。もう二度と、あんな小説は書けないというのに。どこだ、どこなんだ」

彼の作品は消えた。一体どこに？　そしてこの後、山崎氏には、今までの幸せな人生がウソのように、怒濤のごとく不幸が押し寄せるのである。まるで、誰かの幸せと反比例するかのように。

「人生には革命が必要なんだ。どんなやつにだって、最後の切り札というものがある。その、切り札を使う時がやってきた」

進は、郵便物をポストに入れた。恍惚とした気分で、手を離した。

「どんなに才能があっても、運や境遇が悪いやつは負けるんだ。しょせん、有名にならなきゃ、すべてウソだ」

その年の春、桜が舞い、新入生、新社会人が、笑顔で陽の照った往来を歩いている中、満面に笑顔を浮かべた青年が本屋にいた。青年の持っている雑誌の開かれたページには、

第46回小説朝日新人賞決定発表

《受賞作「第二の地球」　作者　山崎　進》

と書かれている。青年は喜びをかみしめるようにつぶやいた。

「これでぼくも有名になれる。もう不安定な心とも、敵ともおさらばだ。これからは、敷かれたレールの上を歩けばいい。ぼくの人生はバラ色だ」

ちょうど二十八歳の春であった。帰り道、笑顔でしゃべっている女子高生とすれ違った。

「なんだろう、自分が幸せで満たされている時は、人の幸せも受け入れられる。今まではどこか、人から置いてけぼりを食らわされている、そんな心境だった。むしろ他人の不幸

が喜ばしかった。でも今は違う。むしろ、この幸せを人と分かち合いたい。あの女子高生たち、何の屈託もなく幸せそうだ。悩みなど何もないみたいだ。だけど、向こうの世界の彼女たちは、きっと不幸に違いない。世の中、うまくできている。こっちの世界では、山崎進という作家は、このぼく一人なんだし、向こうの世界の山崎氏に会うことも、もうないはずだ。こっちの世界の大家はとっくに死んでるし、義父も相手にしなければいい。きっと向こうの世界の義父には、ひどいバチが当たっているはずだ。世の中は平等だ。ぼくをこんなひどい目に遭わせた義父には、神様があっちの世界で痛い目に遭わせているに決まっている。そう思うと、心が平和だなあ。おっと、考え事をしているうちに、ここに来てしまった。

進は、目の前の看板を眺めた。

「タイムキーパー、ここだ。ここからあっちには、今頃、小説を盗まれた山崎氏がいるし、大家もいる。ここから先は、もう二度と行かない方がいい。さわらぬ神にたたりなしだ」

踵を返そうとした時、雨がポツリポツリと降ってきた。それが急に土砂降りとなり、雷が鳴った。進は胸騒ぎがして、その場を去ろうとした。だが足が動かない。次の瞬間、雷が足元の看板に落ちた——。目の前が真っ暗になったと思うと、背景が消え、二人の人物が現われた。一人は、異常に背が高く、仮面をかぶっていた。もう一人は、後ろの方で、イスもないのに座っていて、体は小さく、顔の部分にはモザイクがかかっていた。進は言葉を失った。仮面の人物が、やがて口を開いた。

「ワレは、第一の地球と第二の地球の狭間を監視するタイムキーパー。オヌシは、百年に一人現われる、第一の地球と第二の地球を自由に行き来できる、突然変異の人物。オヌシは、第一の地球と第二の地球の定められた秩序を破った。よって、第三の地球へと追放することにする」

進は、恐怖で全身が金縛りにあっていた。すると、後ろのモザイクの人物が立ち上がり、口を開いた。

「まあ、そう驚かさなくていい。私はワケあって顔は見せられないが、この世に秩序を与えている者じゃ。山崎進君、君がもう気づいているように、この世は、二つの地球から成り立っている。その二つの地球の中に生きている人間は、まったく同じ者だ。ただ、環境が違っている。私は、人間は違った環境では、どのようにしてそれぞれ変化し、生活するか、実験をしているのじゃ。私の造った人間というものが、どのように成長してゆくか、楽しみでな。それでいて、私は平等を愛し、それを実行している。第一の地球で不幸な人は、第二の地球では幸せにしてあげている。逆に、君も見た第二の地球で苦しみ悩んでいる人物には、第一の地球で喜び楽しめる環境を作っている。だから私は人間に言いたい。

たとえ今の世界がどんなに地獄でも、もう一つの世界では君は天国なのだと。だが、それを人間に知らせると、秩序が乱れる。実際、君は二つの世界の秩序を乱した。君は第二の地球の君、山崎進氏の小説を盗んで、第一の地球で発表した。あの小説は、第二の地球の人々の心を救うために、私が山崎氏の手を借りて書いたものだ。よって、私の計算は、君によってだいぶ狂ってしまった。それどころか、第一の地球の君が幸せになったことで、第二の地球の君が、今、とてつもなく不幸になっている、見たまえ、これがもう一人の君のなれの果ての姿じゃ」

そう言ってモザイクの（おそらく進も気がついていたが、彼が誰なのかを）人物は、手のひらを見せた。そこには映像がうつっていて、例の山崎氏の、酒におぼれて、ネコにやつ当たりしている姿が見えた。

「これでわかったろう、君は幸せを急ぎ過ぎたのじゃ。君にも君なりの幸せを用意しておいたのに。あの小説は、第一の地球で発表されてしまった。だが、これ以上、秩序を狂わされては困る。君にはもう、第一の地球に戻ってもらうわけにはいかない。だが、君にはもっとすばらしい世界が用意されている。タイムキーパーを犯した者、競争に疲れ、自ら命を絶った者、世の生活に生まれながらに適応できない者、世間知らずで人にだまされ、死んでいった者、殺された者、そういう人間が集まる世界、すなわち第三の地球じゃ。そこでは、自分を苦しめる敵もいなければ、難しいことを覚える必要もない。人間関係、金銭問題、血の競い、労働、憎しみ合い、わだかまり、すべてがなく平和で、誰もが自由に生きてゆける世界じゃ。何でも好きなことをして生きてゆける。好きな時に好きなだけ寝ることができ、自分の好きな人たちに囲まれる。君が第一の地球で出会ったイヤな連中は一人もいない。誰も、じゃまする者もいない。まさしく、この世の天国じゃ。そこでは君の別の名も用意してある。今までの人生を忘れて、新たな気分で人生をやり直しなさい。さあ、目をつむって、そうそう、一瞬苦しいが、やがて、夢のような世界が待っている。さあ、すぐそこじゃ。天国はもう、目の前じゃ――」


「貴広君、どうしたの。ボーッとしちゃって」

「うん、あまりにも平和で、幸せで、まるで今までのことが夢みたいな気がして」

「貴広君、向こうの世界でのこと、話してよ」

「そうだな、義父、大家…ううん、何でもない、もう忘れたよ」

「ねえ、あっちの川の方へ行ってみない?」

「ちょっと待って。何だか君とは、ずっと前から知り合ってるような気がするんだ。君、名前を教えてよ」

「私の名前は、ここでは朝美。向こうの世界では幸子。山崎幸子」

「それ、ぼくの母さんと同じ名前だ」

「さあ、川へ行くわよ。かわいい人」

それは、夢のような世界、天国のような世界であった。そこで、山崎進、第三の地球での名・貴広は、どのくらいの時間を過ごしただろうか。それは、一秒のようでもあり、永遠のようでもあった。その時間の中で、彼の心に、炎が燃えるように、ある一つの思いがだんだん育っていった。彼はある日、第三の地球の中で禁断の地とされている、ブラックホールが広がる空間へと足を運んだ。目の前には、ボンヤリ大きな穴があいている。その横に、老人と一人の女性がいた。

「もう、私は大丈夫。またやっていく自信があるの。行ってもいいでしょ」

「でも、あなたは自殺してこの世界に来た。この世界の方が、あなたにとって居心地がいいと思うのだが」

「私、一度でいいから、青春というものを味わってみたいの。ここでは青春は味わえない。もう一度、向こうに行きたいの」

「男で？　女で？」

「もちろん、男よ。今度は強い人間になって、世に私あり、みたいなとこを見せて、またここに戻って来たいの。今度は、どんなことがあっても負けないわ」

「では、しかたない。行きなさい」

女性の体が、一瞬、宙に浮いたかと思うと、みるみる小さくなって、まるで微生物のような形になって、ブラックホールに吸い込まれていった。老人は、ため息をついた。

「また一人、運命を背負う長い長い旅へと旅立っていった。おや、おぬしは…」

進は老人の方へ歩み寄った。そして力強い口調で言った。

「ぼくの名は、金子貴広。ぼくの望みは、言うまでもないでしょう、また第一の地球に戻ります」

「ほう、意志は固いようじゃ。止めてもムダだろう。だが、向こうでは、また、地獄のような世界が待っているぞ」

「どんな不幸でも、どんな敵がふりかかろうとも、どんな人生が待っていようとも、ぼくは負けません。どんな父でも、どんな母でも」

「では行くがいい。男がいいか、女がいいか、どっちだ」

「男です。男でまた、競いの世界を生きてゆきたい。今度は負けません」

「神様、この男に、どうかすばらしい人生を」

進はブラックホールの中へ入った。この第三の地球でのさまざまな思い出が、ビデオテープの早送りのように体全体によみがえって、やがて、一切の記憶が消えた。昆虫から両生類、鳥類、哺乳類の動物が、映画のように目の前に展開していった。それが済むと、ドスンとどこかに落ちた感覚がして、温かいものに包まれ、ドクンドクンと音がしてきた。やがて、懐かしい太陽の光が、全身を包んだ。遠くから声がする。

生まれました、かわいい男の子ですわ
あなた、生まれたわ、この子に名を
貴広だ、お前、よく頑張ったな
貴広、かわいいぼうや

オギャア　オギャア
オギャア　オギャア

光ある者必ず勝つ

1

「いらっしゃいませ」

ケータイを片手に、若い男が会話しながら入ってくるコンビニの店内には、高菜アヤメの曲がかかっている。そのあとにかかった名も知らない曲に、わたしの心は奪われた。なんてやさしい歌声なんだろう。わたしは、無性にその歌い手の女性シンガーのことを知りたくなった。コンビニ内で、たたずんで耳を傾けていると、また店に客が入ってきた。

「いらっしゃいませ」

ドタドタと、その小太りな客は店員の前まで行き、

「タバコ、ある?」

「いいえ、置いてないんです。申し訳ございません」

「チェッ」

と立ち去る小太りに、店員は一生懸命に、

「ありがとうございました」

わたしは店員を哀れに思い、少し多めに買い物をして、レジへ行くと、米袋を持った薄汚い婆さんがズケズケと横入りして、レジに米をどすんと置いた。店員は、気まずそうにわたしに視線で謝りながら（わたしには、そう見えた）、レジを打つ。見ると、まだ若い好青年で、きれいな目をしていた。きっと夢をかなえるためのバイトだろう。そう思いながら、もう一方から聞こえてくるのは、あの名も知らない歌手の美しい歌声。

「ありがとうございます」

釣り銭を募金箱に入れると、店員は、光ある両の瞳でそう言った。その隣では、その光を汚すかのように、おっさん三人が、レストルームでわいせつな会話をしていた。

『音楽でも芸術でも、その時その時で感じ方も違う』

美谷レオナという女性シンガーのCDを手に入れた時には、わたしも仕事上の人間関係で精神的に疲れていたせいか、あのコンビニで聞いた時のような感動は、もはやなかった。ただ、ジャケットに映る彼女の笑顔の瞳は、どこか影があり、それがわたしの心を潤した。

2

「高菜アヤメって、いいよねー」

「わたし、デンジャラス・フィッシュ歌おー」

「それって、アヤメの新曲だよね」

「カナ、なに暗い顔してんの？」

カラオケBOX内の女子高生の会話。

「オープン・ユア・ハート♬」

「あたし、トイレ」

カナが部屋から出てゆくと、みんなは、

「あの子、きらい。きどって、影ある女性きどりなんだから、いつもっ、プンプン」

カラオケ店のトイレの鏡を見つめながら、カナはそこに映る自分の分身に語りかける。

「レオナ、しっかりして。アヤメなんかに、あなたは負けるの…？」

3

「アヤメさん、新曲のリハやりますんで」

ＴＶ局の音楽番組のリハーサルには、続々と話題のアーチストが集う。その中でも勝ち組は、高菜アヤメ。しかも、ほとんど一人勝ちの状況の、昨今であった。他のアーチストたちも、アヤメには近寄りがたいオーラを感じ、あるいは遠慮し、あるいは一目も二目も置いていた。何よりも彼女の書く詞の世界は、女子高生はおろか、大人までもが共感できる、全く新しいもので、「アヤメワールド」という流行語が生まれたほどであった。

「ちょっと、止めてくれる？」

リハーサルの途中で、伴奏を止める彼女。

「どうしました？」

ギターが聞くと、アヤメは、

「あの子、だれ？」

と、ひとり片隅にいて、こっちをじっと見つめている、いや、正確にはにらんでいる女性を指さす。

「ああ、あれは新人の美谷レオナという子です。ナニ、また例の…」

そう言ってギターが「君の物マネです」と濁った目で言うのを、

「…そう」

とアヤメは何事もなかったかのように、また歌い出す。その姿を、じっとにらんでいるレオナ。

「あなた、新人なのね。よろしくね」

と手を差し伸べるアヤメに、レオナは手を出さずに、ただニッコリと、ただニッコリと、不屈な笑みを浮かべていた。

4

「ただ、君に会えない時間《とき》が、ただただ、もったいなくてぇ♬」

歌番組を何げなく見ていた小学生は、フンッとつぶやく。

「なんだ、美谷レオナって。高菜アヤメそっくりじゃん。また、同じような歌手が出てきた」

それを聞いた姉の高校生は、同じくつぶやく。

「…でも、これって…カナに似ているなぁ」

「カナじゃなくて、アヤメに似ているんだよ、わかってないなあ」

そう言う妹そっちのけで、姉は、

「どういうわけ？　カナにそっくり!!」

「カナー、ご飯よー」

下の階から聞こえてくる母の声もシャットアウトし、鏡を見つめる女子高生シンガー。

鏡に向かい、ひたすら語りかける…。

『レオナ、あなたは負けてない』

「カナー、ご飯よー」

『決して、アヤメに負けてない』

「カナー、下りてらっしゃい」

『そう…ただ時のいたずら…。わたしの方が先に出ていたら、きっと…』

ドアをガシャンと開け、鏡の前の少女を驚かした母は、一言、

「…カナ、…あなたには無理よ…」

「何が…何が無理なの？」

「普通の女子高生に戻りなさい」

「ママッ、やっと、やっとスタートラインに立てたのよ、これからなのよ」

「あなたの…その目じゃ…無理なのよ…」

「わたしの目？　どこが気に食わないの」

「…汚れてしまっている…」

そうポツリと言い残すと、母は静かに階段を下りていった。

ポツリと取り残されたカナは、いきなり部屋の隅のＣＤの束を取り出すと、一枚のジャケットに、カッターナイフで穴をあけていった。そう、高菜アヤメの写真の、きれいな光を放つ両の目に――。

4

もし、もし、わたしの方が、先に生まれていたら――わたしの方が、勝っていた。そう、すべては時のいたずら、ただそれだけ――

鏡よ、鏡、先と後を入れ替えて

――お願い――

「…この高菜アヤメって歌手、いいよね。最近、出てきたんだけど…」

「うん、マンネリ化した美谷レオナの歌よりも、うんといいよ」

「すごい新人が出てきたものだ」

鏡の世界で待っていたものは――同じ結論――

光ある者の方が、必ず勝つ。

な、なによ。それじゃあ、元の世界へ帰るわ――な、なに、あの子――わたし？　鏡の世界のわたしが、逆に本物の世界へ行ってしまった。こっちの世界に、わたしがいる――もう、戻る場所もない――

ハッと目が覚めると、また深夜三時の夢だった。ゴシゴシと目をこするが、それでもボンヤリした光が消えない。カナは、その光の方を見た。それは、鏡であった。鏡が光っているのだ――。カナは、吸いつけられるかのように、光る鏡のもとへと歩み寄った。部屋の中は暗く、そこだけがポッカリと光を放っている。カナは、おそるおそる鏡をのぞき込んだ。そこに映る、もう一人の自分――が、語り出した。

『レオナ、こっちの世界に来てみたいんでしょ？　わかってるわ…フフ』

鏡に映るカナは、ゆっくりとしゃべっている。

『いいわ、逆にそっちの世界のカナの役目は、わたしが引き受ける。入れ替わりましょう。あとは、まかせて…』

そう鏡のカナは言い終えると、鋭い閃光と共に、本物の彼女の体は、光に包まれ、吸い込まれていった——鏡の中へと——

ルールールー

ファンファンファンファン

ここはどこ？　何の音？　足が、足が痛いっ。

「大丈夫ですか？」

寄りかかった救急隊の服に、べっとりと血がつく。

「事故だってよ」

「なんでも、女性が急にとび出してきたらしい」

運び込まれる女性を見つめながら、車の運転手は、連れの女子高生に言う。

「オ、オレたちは悪くねーぜ。あの女が、空から降ってきたように、急に現われたからだ」

「ウ、ウン」

と、震えうなずく女子高生と、目と目が合った美谷レオナは、

「ここはどこ？　わたしは、だれ？」

「本日、午後二時、表参道の交差点で、歌手の美谷レオナさんが、交通事故に遭い、意識不明の重体です。繰り返します…」


数日後――

車イス生活を送る、レオナのそれまでの記憶は戻らなかった。それどころか、わけのわからないことを言い出すという、噂が流れた。

「わたしは、別の世界から来たの、元の世界に戻して、お願いっ!!」

「レオナさん、しっかりしてくださいっ」

「こっちの世界の、それまでのわたしが、向こうの世界へ、入れ替わりに行ってしまったの。彼女を、連れ戻してっ」

「何、わけのわからないこと言ってるんですか。あなたは、トップシンガーだったんですよっ」

「だから、それは、わたしじゃないっ!!」

完全に、記憶が錯乱していますね。しばらく安静に……芸能界復帰は難しいでしょう……

そう、医師はマネージャーに伝えた。


それから一年後——

両足の感覚が戻らず、あいかわらず車イス生活を余儀なくされているレオナの目に、信じられないものが飛び込んだ。それは、病室での暇つぶしのTVの画面、そこのワイドショーに映る、一人の少女。

「最近、話題の新人シンガー、高菜アヤメさんの特集です——」

食い入るように見つめるレオナの視線の先には、あの事故の時、目と目が合った、女子高生がいた。

「この子——わたしを、ひいた——」


——光ある者、必ず、勝つ——


「神様のバカヤロウ——」

レオナは病院中に響き渡る大声で叫んで、気絶した。

なぜ、なぜ、自分より才能もルックスも劣るアヤメが、いつも、いつも、いい思いをするのだ——向こうの世界でも、こっちの世界でも——

「美谷さん、よく眠れますか」

見回りの看護婦が、レオナの病室を訪れると、看護婦の目に飛び込んできたのは、シーツで首を吊った、有名女性シンガー、美谷レオナの変わり果てた姿であった。


「あ、コケたっ!!」

音楽番組を見ていたわたしは、思わず笑ってしまった。新人歌手の高菜アヤメが、歌の途中、ズッコケたからである。生放送だと、こういうハプニングもつきものだろうが…。

「アヤメちゃん、どうしたのよ。面白い絵《え》は撮れたけど…」

スタッフが笑いながら言うと、

「いえ…突然、両足が動かなくなっちゃって。すいません」

そのときは、丁度、病室で一人の女性が自殺した、その瞬間と、同時刻であった。

「何だったんだろ、アレは…」

そういぶかるアヤメも、この先、悩める人のカリスマとして、「アヤメワールド」という言葉を築き、丁度、それまでトップを走っていた美谷レオナの突然の死と共に、人気は加速して、一躍〝時の人〟とも、なってゆく…。

神の不条理

やがて、八十歳で天寿をまっとうし、この世を去った〝時の人〟は、天国へ行き、ふと、地獄の風景が見たくなり、雲の上から、下の地獄をのぞいてみると、一人の、両足におもりをつけられ苦しんでいる女性《レオナ》を見つけた。しばらくその女性を眺めていたが、やがてそれも飽きて、こう一言、

「きっとこの世で、悪いことでもしたんだろう」

心の誘導

「すいません、相談したいことがあるんですが」

「どうぞ」

「実は、似てるんです。症状が…」

「病気なんですか？」

「いえ、今はそうでもないんです。ただ…似てるんです。以前の状態と…」

「以前というと？」

「ええ、実はわたし、以前、ちょっと精神病みたいなものをわずらいまして。それで、薬をのんでいたんですが、似てるというのは、その薬の副作用の状態なんです」

「おっしゃる意味が、よくわからないんですが」

「実は…以前薬をのんでいた時、なんだか気分が落ち込んで、体もボンヤリした、気持ち悪いモカモカした感じだったんです。その時と、今、よく似た感じがしてるんです」

「今も、薬はのんでいるのですか?」

「いえ、のんでません。だから、不思議なのです。のんでもいないのに、のんでいる状態の感じがするので。それで、こんなことを思ったのです。自分の知らないところで、薬をのんでいると…」

「そんなこと、ありえませんよ」

「いや、正確には、のまされていると…。例えば、ジュースとかコーヒーとかに、知らぬ間に入れられていると…」

「失礼ですが、あなた、今お薬はのんでらっしゃいますか?」

「ですから、のまされていると…」

「あなたは、少し疲れているのかもしれません」

「ええ、そうです。体がダルいのです。まるで薬をのんでた時のように…気分も落ち着かなく、落ち込みます。薬をのんでた時のように…」

「それは逆でしょう。薬をのんでないから、そう感じるのでしょう」

「いいえ、のまない方が、体にいいんです。それで、もう一度言いますが、誰かが、気づかないうちにわたしに薬をのませることなんてありえますか?」

この人は何を言っているのだろう、そうか、精神病患者なんだ…

「あなたは以前、精神病をわずらったといいましたね。それで、そういう妄想がまだ完治していなくて、ぶり返すんじゃありません?」

「いいえ、わたしは、もう精神病じゃないんです。私の知りたいことは、何度も言うように、知らぬ間に薬を…」

「その薬というのは、今も持っているのですか?」

「はい。というより、部屋に捨てきれずに残っているのです。だから、誰かが部屋に侵入して、その薬をコーヒーに…」

「ありえません。まず、部屋に入るのがムリですよ。それに、そんなことをして、誰に得があるのですか?」

「ぼくが不幸になれば、よろこぶ人がいるような気がするのです」

「あなた、誰かに恨まれてるとか、ありますか?」

「ええ、引っ越すたびに、車のタイヤに穴をあけられます。電話番号を変えても、イタ電が来ます。よほど執念深いやつに、恨まれています」

「相手を知っているのですか?」

「いえ、わからないから、不気味なのです。不気味だから、そういう不気味なこともありうると思うんですよね。薬を入れられているという…」

「よくわかってるじゃないですか」

「なにが？」

「あなたは今、そうだから、そう思うと言いましたよね。そう思うんじゃないかと…。そうです。全部考え過ぎですよ」

「いや、思うんじゃなくて、ほんとにあったのです。今も、あるのです…」

「考え過ぎです。お薬をのんだ方がいいかと思うんですが。思うに、あなたの精神病は、まだ完治していないといいますか…その…」

「そう思われるのも、薬をのまされたせいなんです。わかってください」

「あるいはあなた、薬をのんだこと、覚えていないのかもしれません」

「ええ、覚えはないのです。それなのに、体がモカモカして…苦しいのです」

「いや、…自分でのんだこと、忘れていませんか？」

「なぜ、そんなこと、知っているのですか。もしかして、おたく、いつもわたしを見張って監視している、あいつだったのですか。車に穴をあけ、無言電話かけまくってくるあいつは、おたくだったんですか？」

「あなたはまだ今も、立派な精神病です。お薬をのむことをすすめます」

「何度言ってもわからないんですね。今、わたしは薬をのまされてるから調子が悪いだけなんですよ。もう精神病は、とっくに卒業しました」

「とにかく、お薬をおすすめします。それでは…」

「あ、待ってください。最後に一つだけ…」

「なんですか?」

「管理人だったら、部屋の中へ、自由に侵入できますよね。それで薬をコーヒーに…」

「もう、切ります…」

ガチャン。ふう、何だったんだろう、今の人は……不気味だ…相手にしないでおこう…

次の相談の電話だ…ああ、ねむい、体がダルい…気分が、すぐれない…今朝のコーヒー、変な味がしたっけ…さっきの声…管理人さんに似ていた…似ている…あいつか…気づいたのか…わたしが、駐車場の車のタイヤに穴をあけ、無言電話をしていることに…ほんの少しの騒音で、文句言ってきた管理人に…声が…似ていた……。

時空を越えて

1

白昼の亡霊たち

「また、あの音だ…」

それは、夏の象徴、あの、涼しいさざなみのうねり、波の音、寄せては返る海のささやき、その、ささやきの音が、とあるアパートの一室から聞こえるのである。

「ユーレイなのか、幻聴なのか…」

木村は、おそらく隣の部屋から聞こえてくるその「海」が、たましいを震えあがらせ、居ても立ってもいられなくなった。部屋のドアをあけ、向かった先は、管理人の部屋。彼は、生来の気の弱さから、直接、隣に抗議することは、ますます自分にとって不利になるような、その姿を見たことのない隣人が、得体の知れない化物のような気がして、実際、こんな真っ昼間から、あんな音を出すやつは、危険人物に違いないと、あるいは…いや、確かにハッキリと聞こえる限り、幻聴とでも思えない、と、

「管理人さん、三二〇号室の木村です…」

とドアを叩いても、返事がない。そのことに逆に安心したのは、また、管理人さんにそのことをしゃべれば、隣のやつにチクッたと思われ、ますますイヤガラセをされる心配を回避できた、その揺れるシーソーゲームである。

「でも、ここの管理人さんて、男だろうか、女だろうか…」

男性の年配の人だったら、それほど気をもむこともないだろう、だけどオバサンだった場合…

「実際、年配の女性ほど、その心の性質があなどれないものはない…」

世の中、男性よりも女性の方がしたたかなのは言うまでもないが、いざという時、そのイジワルさに限度がないのは、この世にもうコワイものはないという、わがもの顔の中年の、平気で人に文句を言える、オ・バ・サ・ンたちなのかもしれない。とにかく、少しでも自分にとって間違ったことをされると彼女らは、そのイカリを、腹の中にためることにがまんならず、躊躇なく、容赦なく、とりあえず苦情を吐き出して、スッキリしたら、も

う「今晩のオカズ」のことを考えて、その「被害者」のことなんか、すでに忘れてる。とにかく、ム・テ・キに、世を大股で闊歩している。それでいて、やさしいカオして、ほめたりするのは全部、自分がいい気分になりたいためなのである。少しでも、こういうオバサンたちの期待を裏切るようなことをしてしまえば、ジ・エンド…お互いイヤな思いをして、ハイ、サヨナラ、他のいい子ちゃん、こっちいらっしゃい、よしよし、わたしの思い通りの子、オカシをあげるわ、かわいいねえ、と、その子が期待をちょっとでも裏切ったとたん、オカシをあげることを急にストップして、そのイ・ジ・ワルな「無言」の仕打ちの手ほどきを、まだ純粋な、前途有望な若者たちの心に差し向け、若者たちのハートを、弱くも、もろくもし、なにかしらそのハートに宿る希望をぶち壊すほど、彼女たちはム・テ・キに強いのである…。あらゆる全ての女性が、何十年か先には、そんな姿になってしまうというのか…あの白いユリのような、フワフワとした、無垢な少女でさえも、ダイコンの根のしぶとさ、その生活への執着力の根強さへと…。

部屋へ戻ろうと、階段を降りている時、ビニール袋を手に持った、ウェットスーツを着た男性にバッタリと出くわした。

「こ、こんにちは」

びっくりした木村は、反射的に言葉が出た。

「こんばんは」

男性はそう言って、そのまま上の階へと消えてゆくのを、下から見つめていた木村の心臓は、まだ冷静だった、が…。

「また、バッタリと会った…あのビニール袋をさげた、ウェットスーツの…」

一体、あの袋の中に何が入ってるんだろう、そう考えながら、部屋の中へと戻ってみると、今度は、バタバタと階段を降りてくる足音…。

「まったく、このアパートの防音設備は、一体、どうなってるんだ…」

さっきの男性が降りてきたのだろうか、その考えは、カーッペッという、タンを吐く音で、かき消された。

「また、あのオヤジか…」

木村は、その人物のことはよく知らない。ただ、いつもバタンバタンと階段を降りてきては、彼の部屋のドアのまえあたりで、必ずタンを吐く「その動作」で、木村はオヤジと思っているのである…。

「きっと、あの袋の中身は、コンビニの弁当かなんかだろう…」

考え過ぎのクセなのだ、きっと…そう言い聞かせている時、また、波の音…

「隣なのか？　それとも…上からなのか。下の部屋なのだろうか…」

悪寒に誘われるまま、エアコンのスイッチを押した。一つには、その気味の悪い「海のメロディ」を、風圧の音でかき消すため……だが、エアコンから吐き出される音とぬくもりは、ちっとも役に立たなかった。

「どうしてこのエアコンは、いつも、いつも、故障ばっかしてるんだ!!」

一体、いつからだろう——そうだ、急に部屋の中の物がなくなってたり、位置が移動していたり、どれだけ探してみても、大切な物がどっかに行ってしまって、出てこなくなった時から——そうだ、そんな奇妙なことが起こりだした時期、このエアコンも機能しなくなった…。

「…まさか、オレが部屋にいない時に、だれかが、こっそりと中に入っているんじゃあ…」

そう考えた時、思い出したのは管理人であった。管理人なら、部屋のカギを持っているから、あるいは、もしかして…

「まさか、いつもイヤな音出して、オレにイヤガラセをしている隣のやつかだれかが、管理人さんと共謀して…」

また、考え過ぎの脳虫《のうちゅう》のウズキがミンミンきしみ出した…

「…そういえば、最近、おかしなことが多い。どこへ行っても、だれと会っても、相手にされなくなった。それどころか、知り合いや友人たち、みんなこのオレから離れてゆくようになった…一人、また一人と…」

これは一体どういうことだろう、脳虫《のうむし》は、あわただしく、うごめき、ざわつく…

「…このアパートは、あんなに離れた階段の音さえ、この部屋の中にまでひびいている…だとしたら、この部屋からもれる音や声、全て、だれかに聞かれているとしたら…」

一体、だれだ…あの波の音…あの音を出してるやつに違いない。

「そいつが、オレの声を聞いて、オレの行先全てを知り、オレの友人、仲間、恋人、みんなを把握し、その全てを、オレから遠ざけたに違いない!!」

きっとそうだ、こんなうすきみわるいアパートが存在するのなら、この世は何だってありうるさ…だけど、心臓は、冷静に考えた。

「…待てよ、オレ、そんなに人に恨まれるようなこと、一体、何をしたとでも…」

やはり考え過ぎなのだろう。人間とは、だれかを恨めば恨むほど、自分も恨まれているような錯覚に陥るものである…。オレは精神的にまいっているのかもしれない…それで、幻聴や幻影に悩まされているのかも…だとしても、なぜオレは精神的にまいっているのだろう…また、急に悪寒がしだしたのを、気分転換とばかりに、ユニットバスにお湯をためて、体をあたためようと、蛇口をひねった。湯がたまるまでの間、その答がわかった。

「…そうだ、一番の原因は、友達とかの仲間が、みんなオレから離れていったことだ、理由もなしに…」

それで孤立してしまった木村は、精神的にうつ気味になり、おかしな幻影や幻聴のオバケどもを見るようになったのだ。

「…少し、病院にでも診てもらうか…」

そうボンヤリと考えながら、おフロにつかってみると、はたして水であった。

「ガ、ガス屋に文句だ…イヤ、待てよ…確かガスの供給は、部屋から出た、すぐ表にある、給湯器のボタンをひねりゃ、すぐストップもできる…やはりだれかが、このオレにイヤがらせをしているんだ…オレを恨んでいる、だれかが…」

隣の部屋のやつか、それともあのウェットスーツの男か、もしくはあのタン吐きオヤジか、管理人か…とにかく、このアパートのだれかだ、それとも…全員…？

「オレは何か、しただろうか、このアパートの住人全てを敵に回すような、何かを…」

とにかく何か、とてつもなく大切なものがなくなった。部屋を出ているうちに、いつのまにかだれかが侵入して、それを取っていった。その物がなんだったかは、どうしても思い出せない…

「ハッ…また、またあの音だ…」

いいかげんにしろっ!! とカベを叩いた…が、隣からの反応は、ない…

「どこだ、どっからだ、どこにいる…オマエは、一体、だれだ!?」

カーッペッ、階段を降りてきたあわただしい足音と共に、木村の部屋のまん前で、また、タンを吐く声…

「…あのオヤジか…??」

気の弱い木村は、それでも、その姿を目にすることはためらわれた。

「オヤジに逆に恨みを買うことになるのも…」

ドアは閉められたまま、木村はうずくまった…。

2

こたえをみちびく訪問者

「フムフム…つまりまとめるとこういうことだね。…君の部屋のいろんなものが、急になくなったり、微妙に位置がズレてたり、エアコンやおフロが急にダメになったりして、それで君は、だれかが勝手に部屋の中へ入ってイタズラしていると感じた…それで精神のバランスを崩した君は、幻聴を聞くようになった。波の音が、それだ。そして、何の変哲もない、同じアパートの住人たちの一人一人を、つなげて考えてしまって、その行為の一つ一つを、幻聴まで聞くようになった君の精神作用が、連動した一連の妄想、つまり被害妄想を引き起こし、それで友人たちまで君に冷たくなった、と誤解するようになった。だけど君、冷静に考えれば、部屋の中の物が、位置が変わっていたり、なくなったりするのは、だれもが体験する、日常の、つまりは気のせいか、君のヘマだよ、簡単に言ってしまえば…きっと君は、もの忘れが激しくて、ある物を…雑誌でも、コーヒーカップでも、CDでも、何でも構わないが、記憶違いで置いた場所を覚えていて、それで多分、おそらく君の部屋はひどく散らかっているのだろう、置いた場所さえわからなくなるほど…それで、エアコンとか、おフロ場とかの、そういう機械まで、汚れた室内のほこりとか、ゴミとか、ダニやゴキブリ、その他etc・でおかしくなることは、よくあることだ。もう一度部屋に戻って、エアコンのフィルターをはがして、そうじしてみなさい。あと、電子レンジや冷蔵庫の機械の中は、あんがい、ゴキブリやネズミのすみかとなっているものだから…つまりは、こういうことなのだよ…」

精神科の先生が、こういう〝こたえ〟をみちびき出すと、前に座って、だまって聞いていた木村が、静かに、ポツリとこう言った。

「いいえ、ぼくは、もの忘れは激しくありません。人にやられた仕打ちは、いつまでも覚えています、ずぅーと、ずぅーと」

その言葉に、江口という年配の、この病院の名がその栄光をたたえている先生は、

「君の考え過ぎだ、そういうオカシな被害妄想は、早く薬で消した方がいい。何より君の人生が狂うことになる」

「もう、とっくに狂っていますよ…」

「ヤイダ君、この患者に、注射を…そして、安定剤を欠かさぬよう、毎日のむように処方してくれ。…ではもう、診察は終了だ、薬を、一日でも飲み忘れちゃイケないよ、また妄想がブリ返さぬように…」

「妄想ではなく…真実です。ぼくは、真実を解き明かすため、ここに来ました…」

「もうイイから、行きたまえ、次の患者、どうぞ!!」

江口病院をあとにした木村青年は、もらった五週間分の山ほどの薬の入った袋を、途中のポリバケツの中へと押し込んで、恐ろしい形相でうなった。

「ほんとの答をみちびき出すまで、恨みは忘れないぞ…」

そして、あの呪われたアパートへと、再び戦いに乗り込んだ。

「ピンポン、ピンポン」

だれだろう、こんな昼間から…オレのこと心配した友人かだれかが、訪ねてきたのだろうか…それにしても、なぜ目覚ましは、今朝も鳴らなかったのだろう、ちゃんと八時にセットするのに、いつも決まって、鳴らないどころか、時計の針まで進んでいる、五時間も…今、昼の一時か…、いや、進んでいるのなら、今はちょうど八時なのか、それとも十三時なのか。一体、遅れているのならともかく、針が進んでいるなんて、いくら時計の故障でも、勝手に針が動くことなんてあるのか…針が止まるのなら、わかるが…やはり、だれかがオレの寝ている間に、目覚ましをひねっているとしか…オレが目を覚まさぬよう、まるで、オレが寝ているうちに、オレの命を奪おうと、ナイフか何かを…どこかに入れて、部屋の中へと押し込んできて…カギを持っている、あの管理人だろうか、チャイムを鳴らしているのは…オレが昨日、どたどたと隣の部屋へとカベを叩いたのが、奇声を発したのが、管理人の耳へと届いたのだろうか…それとも、隣の部屋のやつか…直接、戦いに来たのか…あるいは、あのタンオヤジか…はたまた、コンビニ袋をさげた、ウェットスーツ野郎か…

「ピンポン、ピンポン、ピンポン」

それとも恋人だったエミリだろうか、恋人のオレが、全然顔を見せないので不安になったのだろうか…でも、離れていったのは、エミリ、お前の方だぜ。突然、ムシしだして、一言もいわず、サヨナラして…他の男のもとへと走って…

「ピンポン　ピンポン　ピンポン　ピンポン」

ああ、頭が割れそうだ、いろんなことがよみがえる…波の音…エミリ…エミリの名字は何だったっけ…肝心なことが、思い出せない…一番大切なこと…オレの部屋の中に入って、取っていった一番大切なもの…それを奪った、やつの名は…

「すいません、木村さん、管理人ですが…」

なんですか…

「あなたの〝たましい〟の管理人です。おむかえにきました」


それは、今からちょうど五十年前の、ある海岸で起きた、一つの事件である。アベックで、海の家のロッジに、泊まりがけの海水浴に来ていた、当時二十歳の大学生が、一人の精神病者に殺された、その禁断の扉の記憶…

大学生、木村広が、恋人とのたわむれの快楽の、よろこびに疲れた体の余韻を休ませている時、バタンバタンと、涼しい外の階段をかけ降りて、部屋の前で立ち止まる足音を、ガールフレンドのエミリが聞いた。

「だれ？」

そう言って、木の扉の方へと歩み寄る彼女に、木村は、

「やめとけよ、きっと、こんな夜中に、ろくなやつじゃないから…」

「大丈夫よ、…だれ？　あ、ああ、わかりました、どうぞ」

とカギをあけたとたん、買物袋に隠し入れたナイフを、木村の体にメッタ刺しに挿入した、ウェットスーツを着た男の、エミリと抱き合い、いまわの際の彼の顔に、最後に浴びせた、カーッペッのタンの、生々しい最後の温度を持った、その記憶…。


ドアをあけた彼は、管理人に、こう言った。

「君が、ずーっと、五十年もの間、寝ていたぼくの〝たましい〟の目を覚ましに来た、訪問者なのですね…」

「さあ、行きましょう、もう、あなたはその『うらみ』を晴らしたのだから…」

コクンとうなずいた木村青年のたましいは、はるか、時と空間の海のうねりの、闇の向こうの世界へと…旅立った。その旅のはじめの扉の、ドアの部屋番号は三二〇ではなく、…四二〇《しにん》号室へと、カギをあけて電気のスイッチをひねった、OLの安田レン子は、くたびれたストッキングの伝線にため息を吐いて、部屋を眺めて、こんなセリフを何となし

に吐いた。

「イヤだわ、まるでさっきまでユーレイでも、いたかのよう…」

そう言ってレン子は、ポットに湯を沸かし、アンアンの雑誌をペラペラとめくりながら、ラルクのＣＤを聴いて、コーヒーカップを口に運ぶ…それも飽きると、それらの物を別の場所へと移動させ、ユニットバスにあたたかいお湯をためると、エアコンの暖房の、生きてる人間だけが感じる、温度のぬくもりに体がよろこび、ケータイで、さっそくその気分を、同じ時を生きる友人たちにメールした。

そんな気分をぶち壊さないほど、このマンションの防音設備は、そのエレベーターからオートロックまで、行き届いていた。

「ジリリリリ…」

突然、鳴りだした目覚し時計だけが、レン子の気分をぶち壊した。

「エ、エグチィー、ア、アイツがきっと、復讐しに来たんだわ、五十年前の恨みを晴らすために…」

「お、おちつきたまえ、ヤイダ君、き、きっと、気のせいだ、他人のそら似だ、妄想だ…」

「エグチイ、もうその手は食わねえ、アイツは、絶対にヒロシだ、わたしたちのやった仕打ちを忘れてなかったんだわあ～」
「ヤ、ヤイダ君、君は精神錯乱状態だ、その、手に持ってる注射器を放しなさい、今すぐ」
「イヤだね、テメエをヤッて、オレもシヌ」
「ヤ、ヤイダ　エミリ、おちつけー」
「その名を言うなあ～、この精神異常者がアー、精神病院開いて、パラパラパラパラドックスで、坊主がセクハラすらぁ～ウラ――」
「へ、ヘゴ――」

白昼の、肉体をなくした、たましいの亡霊は、無事、闇の向こうの世界へとたどり着いて、こう言ったらしい。
「こんばんは、五十年前のぼく」と…

クラブ・ストーリーは永遠へ

ケース1　童貞の学生

「ぼくには二十四年間、なぜ彼女がいないんだろう。」

傘を並べて歩いているカップルを横目に、雨の池袋の街中、宮尾はたたずんだ。雨粒が、メガネをかすめ、視界がぼやけた。

「このメガネだ。メガネをかけた顔に自信が持てないからだ。完全なるメガネ・コンプレックスだ。実際、メガネをかけてるぼくの顔は、いただけない。ティッシュ配りの人をワザと避けるのも、ぼくの顔を見て、ティッシュを渡さないのが逆に怖いからだ。電車の空いている席に座らないのも、『このメガネ野郎が』という人々の目が気になるからだ。人と話をしている最中も、『こんなメガネザルには本当の事を話す必要はない』と思われているような気になって、相手の鼻毛ばかり見てしまう。女の子と会話する時なんぞ、『このメガネタコと早く離れて、憧れのヒロシ君の元へ行かなくちゃ』と心に描いているようで気が気でならず、ぼくもなるべく早く、おしゃべりを終わらそうと『猫のミーチカが待っているから』とついつい口に出てしまうんだ。だが……」

強くなった雨が、彼の髪を濡らした。宮尾は恨めしそうに、牛丼屋の前にたむろしている茶髪の高校生たちを眺めていた。

「ぼくは一体、何度頭を丸坊主にしたことだろう。この髪の毛だ、これもぼくのコンプレックスだ。」

高校生たちが彼をにらんだので、宮尾は逃げるようにその場を離れた。薄い水たまりの手前で、彼はまた考えた。

「ぼくは髪の毛が猫のように薄い。中学生の時、髪の毛が簡単に抜ける悩みを友達に話したら、その友人の友人がその話を聞いて、『そんなことはないでごわす』と言いながら、ぼくの髪の毛を根こそぎむしゃぶり取ったのが、最初の丸坊主にしたきっかけだった。その部分がハゲになり、全体のバランスが悪くなり、翌日学校を休んだ。次の日、頭に黒いリボンを巻き付け、登校したが、すぐバレてしまった。それで、どうせハゲならいっしょだと、丸坊主にしたのである。丸坊主にすれば、長い時より毛が抜けにくい。それがこの後、五度にもわたる丸刈り人生の秘めたる思いだった。髪が長くなっては丸刈り、の繰り返しだった。それが原因で、彼女ができなかったことは確かだ、だが…。」

雨は強く土砂降りとなり、宮尾は拳を握る手を強くした。

「だが、だが…」

瞬間、雷が鳴った。

「ぼくの、この運命だ。ぼくの今まで背負ってきた運命、それが何よりも、ぼくのコンプレックスだ。両親を失くし、いじめられ続け、犬にも劣る生活をさせられ、天涯孤独で、過去は、タイムトラベルでもしたかのように空虚で、残ったのは大きなキズだけ。常に暗い影がつきまとい、絶望の海をさまよい歩き、敵に犯されまくっている。この運命、逃れられないこの重く冷たい運命が、ぼくの何よりも深いコンプレックスだ。これがある限り、ぼくには一生、恋人はできないだろう。辛いな…。おや、雨が上がったようだ。」

その時、一人の男性が宮尾に近づいてきた。

「キャバクラ、いかがですか。今なら一時間四千円です。」

宮尾はその場を去ろうとしたが、その時、強い何かが彼の足を止めた。彼は男性の話に耳を傾けた。

「お兄さん、今なら一時間四千円ポッキリ。安いです、ハイ。」

無言のまま、宮尾の頭の中はグルグル回り始めた。今まで遠い存在だった女性、暗い過去、四千円ポッキリ、過去のキズ、全てを投げ出したい、女性、女、女、女、女……

「かわいい子、います？」

その時、宮尾の中で、何かがはじけた。会話のコンプレックスは、どこかへ飛んでいった。

「もちろん、美人ばかりです。じゃあ、店まで案内しますんで。」

その男性のあとにつきながら、宮尾は、初めてプールに入り、水の中に潜った時の青さを思い出していた。革命という言葉が一瞬、胸をよぎった。

「こちらにお座りください。ウイスキーとブランデー、どちらがよろしいですか？」

「ブランデーで。」

どちらも今まで飲んだことがないくせに、自然とすばやく言葉が出た。そこはまるで別世界の、官能的な、言葉で一言で表せば〝夜〟の空間であった。酒を作って店員が去ってゆくと、宮尾はメガネをはずした。そして深呼吸をして待った、待った、ひたすら待った。

やがて隣に女が来た！

「や、どうも。」

「はじめまして、ルナです。」

「ルナちゃん、かわいいね。」

顔もロクに見てないのである。

「学生さん？」

「ううん、働いている。」

「どこで？」

「ええと…居酒屋で。」

とっさに出たウソだった。なぜ、こんなウソをついたのか彼には分からなかった。ただ、自分が見た目、老けてるようで、それが負い目となって、それと重なり、学生の身分ではこういう店に来るのは変だという直感が働き、こういうウソが出た、と会話しながら彼は分析していた。おかげで会話もうわの空で、彼はだんだん、ウソをついたことを後悔しだしてきた。いつウソがバレやしないか、もしかしたら、とっくにバレてて知らんぷりされているのでは、それに彼の唯一の切り札、立教という名をなぜ出さなかったのか、そして次には後悔していることを後悔しだした。そうこうしているうちに時間は過ぎ、宮尾は焦った。

「じゃあ、ルナちゃんの趣味は？」

「ごめん、わたし、呼ばれちゃった。」

そう言って女の子は去っていった。彼は、ブランデーをイッキした。今のことを考える余裕もないうちに、次の女の子が隣に来た。その顔を見て、さっと宮尾の心に明かりがさした。好みのタイプだったのである。

「はじめまして、エリです。」

「エ、エリちゃん、かわいいね。」

「ありがと、お仕事、何してるんですか?」

「ううん、学生。立教!」

彼は、さっきの反省を活かし、今度は本当の事を言った。しかし、気に入った子に老けて見られたようで、彼の心はだいぶへこんだ。しかし、である。彼は酒の力を借りて、猛スパートをかけていた。

「エ、エリちゃん、ぼくの名は?」

「宮尾タカシ、もう十回目だよ。ウフ。」

「エ、エリちゃんに、むしゃぶりつきたい!」

「ハイ、ハイ、わかりました、いい子ね。」

「お客様、そろそろお時間になりますが、延長なさいますか。」

店員がやって来た。宮尾はツバを飛ばしながら、

「します、もちろんします。」

店を出た時には、彼のサイフは空だったが、心は満たされていた。

「エ、エリちゃん…。」

彼の今までいた世界は、時間の進行が速く、外の世界は、もう夜中の二時で、電車はすでに走ってなかった。彼はヨロめき、壁にもたれ、座った。幸せな気分は、浮浪者の出現にも、かき消されることはなかった。今までの自分が、どれほどムダに過ごしてきたか、そのことが、強く心を打った。

「今からでも遅くない。きっとやり直せる。もう暗い運命ともサヨナラだ。……働こう。バイトして、コンタクトレンズを買って、またエリちゃんに会いに行こう。エリちゃん、また会うって約束したね。ぼくの太陽……。」

やがて朝になった。宮尾はムクッと起き上がり、通りを行き交う人々を眺めた。彼は、彼の味わった幸せが、誰もがもう経験していることで、彼はやっとその仲間入りをしたに過ぎないと思い、わけもなく行き交う人々に嫉妬した。そしてこの幸せが奪われるんじゃないかと、足早に部屋へと帰った。

それから二週間後、彼はまたその店の隅に座り、ブランデーを前にして、読者の前に姿を現わすこととなった。前回と違った点は、彼が目いっぱいのオシャレをして、目にはコンタクトレンズをはめていることである。この前とは、店内の印象がずい分変わって見えた。

「女の子のご指名は？」

「エ、エリさんです。」

「かしこまりました。」

そう言ってボーイが去ってゆくと、彼は、目の前の幸せにあと一歩だ、と死にそうな気分でいた。今までの人生の中で、幸せが手に届こうとする度、何らかの邪魔が押し寄せ、幸福が逃げてゆき、その度、彼は傷つき、不幸になっていった。そして、不幸な人ほど幸せになることにヤケに臆病になり、余計幸せになることがヘタになるものである。いざ、幸せが逃げてゆくと…

「お待たせしました。こちらタマエさんです。」

…案外平気なのである。

「あれ、エリちゃんじゃないよね。」

「あ、エリさん、今、他のお客さんについていて。ゴメンね、もう少ししたら来るから。」

「あ、いや、前に一度来て、エリさんとしゃべっているから、それで。君が嫌なワケじゃないよ。」

「いいよ、気にしなくて。わたし、慣れているから。学生さん?」

「う、うん。」

「へー、そうなんだ。わたしも学生なんだ。」

「そうなんだ…。」

宮尾はエリちゃんのことばかりが頭にあって、早く変わらないかな、と心に思っていた。だが、次の会話が彼に衝撃を与えた。

「じゃあ、ここバイトなんだ。お金ためて、何か欲しい物でもあるの?」

何げなく彼がきいた。すると彼女は一瞬、口ごもったが、こんなことをしゃべり出した。

「…わたし、親いないんだ。二人とも…。その当時は悲しかったけど、今はもう平気。それで、自分の学費と、弟の学費を稼ぐため、ここで働いているの。いい給料だから。それにこの仕事、楽しいしね。お客も、君みたいにいい人が多いしね。そりゃあ、嫌な人もたまにはいるけど、そんなことでめげちゃいられないもんね。わたし、弟と仲いいんだ。いっしょのフトンに寝てるんだよ。わたしの将来の夢は、弟といっしょに幸せになることなんだ。そのためにはお金がいるの。そりゃあ、お金が全てだとは思わないけど、やっぱり信用できるのはお金だけでしょ。わたし、両親が死んだ後、親戚の家に預けられたんだけど、そこでひどくいじめられたの。それでイヤんなっちゃって、住み込みのバイト探して、家を出たわ。こう見えても、わたしマイナス思考で、ずい分悩んだ時期もあったんだ。でも、そんなわたしなんかお構いなしに他人は生活している。わたしを知ってる人より、知らない人の方が圧倒的にこの世の中には多いって気づいて、ハッとしたの。わたしの悩みなんか、世間の人にとっては、カに刺されるよりも影響しない、そう思うと、悩むこと自体がちっぽけで、無意味なことって気づいたの。それからわたし、ちょっぴり強くなったんだ。ナイショだけど、わたし、他の店でも働いてるの。忙しいけど、その分、考えなくていいから楽なんだ。ごめんネ、こんな話して。それに、わたしばかりしゃべって。今度は君が話してよ。」

驚いた宮尾は、そうなんだ、と一言、言うしかなかった。彼は、自分にも両親がいない、という言葉が、どうしても出て来なかった。その事を言うのが、今目の前に現われた世界を壊してしまいそうで、恐かったのである。するとアナウンスがかかり、

「ごめんネ、呼ばれちゃった。エリさん、来るから楽しんでね。…わたし、君が他人じゃないみたいで、変な話しちゃったけど、忘れてネ、それじゃ…。」

そう言って立ち去る彼女の影は、どこか薄かった。

「宮尾さーん、お久しぶりー。」

「エリちゃん、会いたかったよ。この二週間、エリちゃんの事ばかり想っていた。」

そう言う彼の言葉とはウラハラに、心は前より弾まなかった。コンタクト越しに見る彼女が、以前のぼやけた視力で見た、酒の力を借りた夢見の姿から、現実の一人の女として彼の目に映ったからである。幸せとは、本当は存在しない幻を愛するところにあることなんだ。帰り道、そんなことをボンヤリ考えながら、前より人が怖くなくなったような気がした。

「幸福も、たかが知れてる。じゃあ、不幸もたかが知れてる……。」

その後、思い出すのはタマエの言葉ばかりであった。彼女に、自分も親がいないこと、似たような境遇であることを話し、深くわかり合いたい、できればいっしょに涙を流したい、そんな焦燥にかられ、彼は遠い憧れの念を強くした。彼はバイトに励み、お金をためた。タマエに会いたい一心で、彼の頭は、また一段と薄くなっていった。

やがて三週間が経過した。宮尾のサイフは厚くなるばかりであったが、彼は、すぐに彼女の元へ行くのは、自分の価値が減るようで、何だかためらわれた。それに加え、タマエが心変わりしているかもしれない、この前のような感動がもうないかもしれない、そういう不安が、彼の足を遠ざけたのである。だが、ボーイが彼とタマエを二度と会わせなくなるかもしれない、そんな不安が、彼を奮い立たせた。彼は店に電話をした。

「あの、今日、タマエさん、出勤してますか？」

「タマエですか。今、代わります。」

予想しなかったことだが、ゴソゴソと音がすると、やがて、懐かしい声が耳に聞こえてきた。

「もしもし、誰？」

「タマエちゃん、宮尾。この前、ちょっと話した宮尾、覚えている？」

「ああ、宮尾さん、どうしたの？」

「これからタマエちゃんに会いに行くけど、いい？」

「……いいけど。」

「じゃあ、すぐ行くから。待ってて。」

受話器を置いた宮尾の胸中は、不安と失望だった。なぜ、彼女は、電話ではこんなにつれないんだろう。何か、ぼくの悪口でも聞いたのかな、と重い足取りで店へと向かった。

彼は、人の彼への態度が急変することには、もう慣れていた。だがいざ、その場面に出くわすとやはり、やりきれない思いで心が痛むのが常であった。それでも、一すじの光を求めるかのように、彼は目的地へ進んだ。

「…わたし、今日で店、やめるの…。」

やっとタマエに会えた喜びから一転、最初のこの言葉を聞いて、彼の心は凍り付いた。彼は、また目の前の幸せが、音を立てて崩れ落ちていく姿を見た。

「弟が急病で倒れたの。弟の肉親は、わたししかいないから。大学も、しばらく休むつもり。…弟は、わたしの唯一の幸せだから…。ところで、話ってなあに？」

「あ、いや、何でも…。本当に、やめちゃうの？」

「うん、もう決めた事だから…。飲みましょう。」

「うん、飲もか…。」

彼は、目の前の見えない敵を振り払い、何もかも忘れようと、ひたすら飲んだ。彼には今、酔いの力が必要だったのだ。そしてぐでんぐでんに酔って、全ての体中の力を寄せ集め、ふりしぼるように言った。

「電話番号、教えてよ！」

「わたしにつきまとうと、不幸ばかり起こるわよ。」

「不幸なんか……ヘッチャラしょ――い。」

「いいわ、教えたげる。あなたは他人じゃないような気がするから。」

その夜、宮尾は涙がなくなるほど泣いた。

この後、彼とタマエは二度と会うことはなかった。彼女が教えた電話番号はまったくのウソだった。そして、それを悲しむことも彼にはなかった。宮尾の姿が、池袋の街中に現われることも、二度と私は見なかったのである。

ケース2　平凡なサラリーマン

「キャバクラでも行くか…。」

仕事帰り、ヒマを持て余した田口は、ブラブラと街中をさまよった。カラオケ店や居酒屋の前に、人がたむろしている場所を通り抜け、チラシを持って立っている男女の群れの横を何げなく歩いてみた。だが、声はかけられなかった。田口は、また道を引き返したが、やはり誰も声をかけなかった。仕方なく彼は別の道を歩いて、それらしき人々が立っている横を、目で合図しながらゆっくりと通ったが、やはりここでも彼に声をかけてくる者はなかった。田口はイライラしてきた。自分から声をかけることは、危険なようでもあるし、よほど飢えてるように見られるのがイヤでもあった。彼は道の真ん中にたたずんでタバコを吸い、考えた。

「普段、行く気もない時には、しつこいほど声をかけてくるくせに、いざこっちが行く気マンマンの時になると、誰も近づかない。これは、どうしたことか…。」

彼はタバコをもみ消すと、ため息をついた。

「…あの店へ行くか…。」

頭の中で、遠い記憶をたどりながら、彼は店のドアを押した。

「いらっしゃいませ。」

彼は胸がドキドキした。大丈夫、バレてはいない…。

「ウイスキーとブランデー、どちらになさいますか。」

「ウイスキーで。」

彼はタバコに火をつけると、店内を見渡した。以前と何も変わりはない。店内が変わってないとしたら、女の子も…。

「お待たせいたしました。こちらケイコさんです。」

彼は心臓が止まるほど驚いた。まだこの店にいたとは…。

「ケイコです、よろしく。」

大丈夫、三年も前の話だ。覚えてるはずがない。

「お名前、何ていうんですか?」

「あ、オレ…金子…。」

女は、どうやら忘れているらしい。彼はとっさに、ウソの名前を言った。もし、本名を言って、女の記憶を呼び覚ましたらマズいことになる。

「金子さん、普段何してるんですか？」

「うん、しがないサラリーマンってとこかな。」

「この店、初めてなんですか？」

「う、うん。初めてだよ。」

「どうやって知ったんですか？」

「え？　いや、外の人につかまって…。」

会話が途切れた。この店に来たことを後悔しだした。だが…三年も昔のことを、覚えているはずがない。彼は、この店に来たことを後悔しだした。大丈夫だ、そもそもなぜオレはこの店に来たのだろう。そうだ、あの女だ。あの女のことを聞かなくては…。

「ねえ、ケイコちゃん。この店に、アキっていう女の子いる？　いや、友人が、池袋のキャバクラのアキって女の子に夢中で、よく、その話をするから。」

「アキちゃん？　うん、アキちゃんなら、この店にいたよ。」

「いた？」

「もう、とっくにやめちゃったけど…。」

「そうなんだ…。」

彼は、そうだろうと思っていたが、いざ知ると、やはり胸が痛くなった。アキ…懐かしい名前…やめた…。彼はウイスキーを何杯も飲んだ。遠い思い出を忘れるために…。

「お客様、そろそろお時間ですが…。」

「どうする？　延長する？」

「うん、今日はもう帰る。ケイコちゃん、楽しかったよ。」

バッグを持ち、腰を上げて背を向けた時、後ろから、凍りつくような言葉が聞こえた。

「どうもありがとう、田口さん。また来てね。」


それは丁度、三年前のことである。有名大学を卒業し、大手企業に就職した田口は、初月給を手に持ち、池袋の街中を歩いていた。どこかで一杯やりたくてウズウズしていた。

そんな時、男性から声をかけられた。

「キャバクラ、どうですか？」

学生時代も、この手の店には通い慣れてた彼は、給料もあることだしと、その男に連れられ、店に入った。

「いらっしゃいませ！」

彼は、女の子にはあまり期待していなかった。どうせ、好みのタイプの女性に出会うことはないだろう。ただ、楽しく酒が飲めればよかった。

「こちら、ケイコさんです。」

「どうも。」

「はじめまして。ケイコです。」

思った通り、期待するような女の子ではなかった。こういう店は、フンイキを味わえればいいのである。

「名前、何ていうんですか？」

「田口っていうんだ。よろしくね。」

彼は、飲みながら何げなく店内を見渡した。その時、彼に電気が走った。向かいの席で、太った中年としゃべっているホステスが目に入ってきたのである。くりくりとした瞳、肉感的なほほ、長い髪、そしてアワビの口びる、まさしく彼の理想の女性であった。

「ねえ、ケイコちゃん。あそこで太った人の相手してる子、何ていう名前なの？」

「やだ、ほれたの？　あれは、アキちゃん。かわいい子でしょ。」

「う、うん。まあケイコちゃんにはかなわないけど…。」

「お上手ねぇ。ねえ飲み物、頼んでいい？」

「あ、ああ。いいよ。」

彼はうわの空だった。ことあるごとに、アキの方を盗み見ていた。彼は祈った。早く、このケイコちゃんが呼ばれて、次に隣に、あのアキちゃんが来てくれないかと。だが、無情にも、あの太った中年が指名したみたいで、アキちゃんは席を離れなかった。しかも、楽しそうに笑っていた…。

「アキちゃんか。…名前は覚えたぞ。次行く時に、必ず指名してやる。」

彼は、ベッドの上でタバコをふかしながら、そんなことを考え、夢見ていた。


「アキさん、お願いします。」

田口は、あれから一週間もたたないうちに、再びその店を訪れ、言った。

「すいません。アキさん、今日、お休みなんですよ。」

店員のその言葉に、彼は目の前が真っ暗になった。他にも、いい子いますんで、という店員の言葉に落ち着かされ、待っていると、

「お待たせしました。こちらケイコさんです。」

彼は眠れぬ夜を過ごした。頭の中は、アキちゃんでいっぱいだった。時間とお金に犯されている、そんな被害妄想まであふれていた。そしてワケもなく、ケイコちゃんを呪った。

「アキさん、お願いします。」

彼は、祈るように言った。心臓がバクバクする。

「アキさんですね、かしこまりました。」

彼は心の中で喜びの悲鳴を上げた。ついに、会える、しゃべれる。すると向こうから、くりくりとした目の女の子が、キョトンとしながらやって来た。彼は、顔が崩れる音を聞いた。耳が赤くなった。

「はじめまして、だよね。」

キョトンとした彼女の手を握りしめ、

「アキちゃん、会いたかったよ！」


彼はそれからというもの、彼女に会いに何度も店に足を運んだ。彼は彼女の、そっけないところが好きであった。彼は、どちらかというと好きになられるより、自分が好きで好きでたまらない、むしろ相手は、それほど自分のことを好きじゃなくても構わない、そういう関係が望ましかったので、アキちゃんとの関係は、彼の思い通りの形となった。彼は、彼女の生活感のないところも好きだった。フロやトイレを連想させない。まさしく最高のホステスだった。冷たい表情から時々見せる笑顔も、まるで主人になつかない猫の、たまに見せる甘えた仕草のようで、それを見ると彼は、勃起するのを抑えられなかった。だが彼女と肉体関係を持ちたいとは思わなかった。全てをまかされるのが、今の関係を壊してしまいそうで、しゃべっている時間が何より彼には楽しかったのである。何より、彼の夢の世界を、彼女自身の手で現実の世界に変えられるのを彼は怖れた。

それは、まさしく夢の世界であった。だがこういう夢は、どうしても長続きしないものである。彼の場合もそうであった。運命が、現実というガラスの破片を用意して、夢の世界を切り刻む時は必ず来るのである。

「あたし、田口さんのこと、好きだよ。」

ある日、いつもの店で、酒を飲んでいる彼に向かって彼女が言った。

「ほんと？　うれしいなぁ。」

こう言いながら田口は、彼女の口から出た言葉に不安になった。好きだと言われると、今まで積み上げた関係が崩れてしまいそうになる。向かいの席では、中年たちを相手にしているケイコちゃんが、時々、にらむような目でこっちを見ている。彼は、酒の力を借りて心を落ち着かせようと、いつもより飲んだ。もちろん、アキちゃんには三杯もビールをおごってあった。次第に彼は陽気になり、彼女にこんな質問をした。

「ねえアキちゃん、オレが来なくなったら、どうする？」

「なんとも思わないよ。」

この答が彼の細胞をピチピチ喜ばす言葉だった。これなら、アキちゃんと長いつきあいでいれそうだ、そう思って喜んでいると、

「お客様、そろそろお時間ですが…。」

と店員がやって来た。

「今日はこれで帰るとしよう。いくら？」

「四万三千円でございます。」

彼はサイフを取り出し、中身を見て焦った。足りないのである。

「すいません、今、持ち合わしてないんですけど…。」

彼は、こんな情けない姿を、アキちゃんに見せることの方が気になった。彼女は、すまして座っている。

「それじゃあ、カードをお持ちですか？」

「いいえ、持ってません。」

「では、これから銀行へ行って、おろしてもらいます。」

彼は、後ろに店員を連れ、銀行へと向かった。ところが銀行の前まで来て彼は驚いた。シャッターが下りていたのである。丁度ゴールデンウイークの時だった。

「閉まってる。困ったな…。」

店員はいかつい顔をして、

「では、もう一度店に戻ってもらいます。」

彼は店員の後を、トボトボ歩いた。その時、電光のようにひらめいた。逃げよう…。彼は店員を背に、走った、走った、どこまでも。やがて息が苦しくなって、川のほとりに立ち止まり、後ろを見て、誰も追ってないことを確かめると、タバコを吸った。吸いながら、モザイクから浮かび上がる、ある一つの考えが、だんだん鮮明になっていた。彼は、悲鳴を上げた。

「もう、もう、アキちゃんに会えない！」


それから三年経った現在でも、田口は彼女のことが忘れられないでいた。三年ぶりにその店へ行ったのも、まだ彼女がいるんじゃないか、と心のどこかで期待していたからであった。三年という時は、彼の中の彼女をどんどん膨らませて、今では彼女との結婚を想像して、空虚な心を埋めているのであった。今度もし、どこかで会うようなことがあったら、その時こそは、つきあってくれと言う自信はあった。もう二度と会えないとはわかっているのに…

ところが、である。携帯電話の払い忘れた料金を支払いに行ったドコモ・ショップで、偶然、彼は、あのアキを見た。彼女はイスに座り、番号札を持って、呼ばれるのを待っていた。彼の心には、懐かしさという感情が呼び起こされることはなく、声をかける気も起こらなかった。彼女は、以前のくりくりした目は生気を失ってくぼみ、ふくよかだったほほはやせ、髪も短くなり、体中からホステスの色を失くし、生活感に満ちていた。そして腕には、赤ん坊を抱いていた。

「とても、つきあってくれとは言えないな。…三年か…あれは幻だった…。」

店を出る田口の足取りは思ったより軽かった。

「さて…キャバクラでも、行くか…。」

ケース3　自称　心理学者

「あれ、携帯電話がつながらない…。」

歯を磨き、おフロに入って体中を入念に洗い、髪型をきっちり整え、服を着て、正座した山下は、電話を床に置いて考えた。

「今日はどうしてもユウコさんに会いたいのに。いや、これだけきっちり身なりを整えたんだから、会うべきだ。是が非でも会いに行く。」

彼の部屋に普通の電話はなかった。イタズラ電話、無言電話があったので、彼は、これ以上、自分の身をおびやかす目に見えない組織にやられっぱなしではいけない、と電話を売ってしまったのである。

「公衆電話からかけよう。」

彼は部屋を入念にチェックしてから外へ出て、尾行を気にしながら、公衆電話までたどり着いた。ティッシュで受話器をふくと、彼は誰も見ていないことを確認して、番号を押した。

「…もしもし。今日、ユウコさん出勤してますか?」

「ユウコは今日、お休みです。」

そう言うとガチャンと切れた。彼は気分が悪くなった。

「今の男の態度、変だな。まあ、いい。ユウコさんは休みか。…もしかして、ぼくだと知って、あの男はユウコさんが休みだとウソをついたのでは…。しまった、声を変えることを忘れていた。」

通りに出ると、また彼は考えた。

「これだけ身なりを整えたんだから、誰かに会うべきだ。久しぶりに外へ出たんだ。…よし、他の店へ行くとするか。」

彼は、とある店の前に立っている男性に声をかけた。

「今、一時間、おいくらですか。」

「今だと、一時間七千円になります。」

「どうしようかな。」

彼は考えるフリをした。安くしてもらうのがねらいであった。

「まあ、うちは高い方なので。この辺りには、安い店も多いですよ。そこの角を曲がった所にある店は、一時間四千円でやってますよ。」

彼は、この言葉に動揺した。この男は、他の店へ行け、と言っているのか。そう思うと彼は逆に、その場を立ち去りにくくなった。

「一時間、七千円ですね。」

「失礼ですが、日本の方ですか?」

彼は、また動揺した。

「はい、日本人です。この店、入ります。」

何か得体の知れない意地が言葉になり、彼は中へ入った。イスに腰かけ、しばらく、中国人と間違えられたことを考えていた。

「サキです、よろしく。」

隣に若い女性が座った。見た目、かわいらしい女の子だった。

「何、飲みます?」

「いや、お酒は飲めないんで。」

「お名前、いいですか?」

そう言って媚を見せた。

「山下っていうんだ。サキちゃん、かわいいね。」

「そんなこと言って、もし、わたしじゃない人が隣に来ても、言うんでしょ。」

「そんなことはないよ。サキちゃんだから言うんだ。」

「本当? わたし、かわいい?」

そう言って女は、また媚を見せた。

「でも、わたし、太ってるでしょ?」

全然、太ってないのである。

「どうして? 太ってないよ。」

そう言うと、

「本当? いや、太ってるよ、わたし。」

「どこが?」

「うーん、山下さんて、線も細いし、顔もちっちゃくていいな。」

山下は耳をうたぐった。彼はどちらかというと、やや太っているのである。いい気分になった彼に、ふと、ある考えが浮かんだ。

「もしかしてこの子は、自分がそう言われたくてカマをかけてるのではないだろうか。しきりに、太ってるって聞くのも、やせてるよ、って言われたくて言っているのでは…。君こそ、線も細いし顔もちっちゃいね、と言ったら、どんな顔をするか。」

山下はワザとそれを言わなかった。その代わり、別の言葉をためしに言ってみた。

「サキちゃんて、こういう店に、いなさそうなタイプだね。」

すると、彼女の顔が輝いた。

「そう? そう見える? 具体的に言って!」

「そうだな。清楚というか…。」

彼は逆にカマをかけてみた。

「ほんと! わたし、セイソ? うれしいな。でも、この店には他にも、いい子たくさんいるよ。」

これは、君が一番かわいい、と言ってもらいたいから針を投げたのだろう。彼は回りを

見渡すフリをして、

「君が一番いいよ。」

と言ってみた。

「ほんと？　わたし、女として、どうかな？」

この言葉に彼は、核心を見た。

「魅力的だよ、とても。」

「ほんと？　上の上？」

彼は魚を釣っているような思いだった。

「女優の花平馬子よりも上だよ。」

「ほんと？　うれしい。じゃあ、わたし、がんばってやせる。前はやせてて、もっとよかったのよ。もうすぐわたし、誕生日なんだ。それまでに、3kgやせるね。」

彼が何も言わないでいると、

「わたし、誕生日の日も店に出るんだ。山下さん、その日、来てよ。」

「うん、いいよ。いつ？」

「待って、紙に書くから。」

そう言って彼女は、日付を紙に書いた。見事な丸文字である。

「分かった、来るね。」

彼はある企みで、それ以上何も言わなかった。すると女はじれったそうに、

「わたしピザ好きなの。山下さん、誕生日の日にピザ持って来てよ。」

「いいけど…ピザなんて店に持って来ていいの?」

そう言ってハッとした。この女は、ピザが持ち込めないことを知っていてワザと言ったんだ。ピザ以外の何かをプレゼントしてもらいたくて。そうに違いない。

「あ、そうか、ピザはダメなんだ…。がっくり。」

女はそれ以上、言わずにモジモジしていたが、

「じゃあ、何でもいいからプレゼント持って来て!」

案の定だ。彼は、分かった、いいよ、と言うと彼女の顔を見た。いかにも親に甘えて、世間に甘えて、生きてきた顔だった。

「本当? 次、来る時、他の子指名したら、サキ泣いちゃう。」

この言葉は、他の男性が聞くと、彼女との一体感で満足するところだが、山下は違った。

「この女は、自分がこの店でナンバーワンだと思ってるんだ。自分に酔ってるから、こんな言葉が出るんだ。心の中では、他の子を指名するはずはない、と確信してるんだ。自分のことをサキと言うのも、自分がかわいいからだ。自分のことを言うのに、「わたし」で

はなく「サキは」とか「レイは」とか言う女は、自分がかわいく誰からも愛されると勘違いして、媚を売ってる連中が多い。何の苦労も知らないやつらだ…。」

そこへ、他の女の子がやって来て、手前のイスに座った。山下は驚いた。

「ミユです。話、盛り上がってますね。」

「この子、ミユちゃん。かわいいでしょう？」

たいてい、女が別の女をほめる時は、自分より不細工な場合だ。自分に余裕がある分、ほめ言葉を言うのに苦痛を伴わないから。

すると店員がやって来て、

「そろそろ、お時間ですが、延長なさいますか？」

と言ってきた。人は自分と似た性質の人間を嫌うものである。自分が押し隠している性質を、他人が堂々と見せびらかすように出していると、鼻につくものである。中国人と間違われた山下が、自分の自尊心を傷つけられたのも、彼は自分の容姿に自信があったからである。彼は、自分もほめられたい欲求を強く持っている。そういう欲求を隠さず、堂々と出してくるサキが、彼には鼻についた。そして人間には、どうしようもない性質がもう一つある。それは、自分が押し殺している欲求を、堂々と出している人間から目が離せない、という性質である。この時、山下は、当然帰るつもりであるのを、どうしようもない性質が働いて、もっとこの女を見ていたい、自分が押し殺してる欲求を、あからさまに出しているこの女を、もっと観察してみたい、と思うようになっていた。それに、もう一人ホステスがついたことも、彼の帰る足を止める要素となった。

「延長します。」

そう言った直後、ミユと名乗ったホステスがその場を去った。どうも腑に落ちないと、会話をサキとしているうちに、ハッとした。

「そうか、そういう手か。そろそろ時間という時に、女の子をもう一人つける。そして女二人に囲まれるなら延長してもいいや、と思って延長したとたん、女の子は去ってゆく。なるほど、うまい手だ。」

部屋に帰ると山下は、考え込んだ。

「くそ、あんな女に二万も使うとは。ぼくのことはちっともほめずに、逆にこっちがほめるハメになるとは。…こうなったのも携帯電話がつながらなかったからだ。つながっていれば家の中で、ユウコさんが休みだということが知れて、外に出ることもなかったんだ。ドコモショップによれば、先々月の料金が払われてない、ということだった。おかしい…ポストに届く請求書には目を通していたはずなのに。…もしかして、目に見えない組織が、ぼくのポストから請求書を抜き取ったのではないか。…そうだ、きっとそうに違いない。くそ、組織め、手を汚さず、いとも簡単に、このぼくをこうやって不幸にすることが出来るんだから、いい気なもんだ。おかげでユウコさんとの出会いが一回分減った。この損害は、何で埋めようか。…そうだ！　二万円分、断食しよう。そしてやせて、ユウコさんに前よりかっこよくなった姿を見せに行こう。」

一週間後、前より5kg太った山下は、クラブ「サンシャイン」のドアをあけた。

「ユウコさん、会いたかったよ！」

ここに書いた三人の男の物語は、夜の街の出来事のほんの一例に過ぎない。この世界に〝夜〟がある限り、この世に男と女がいる限り、ストーリーは永遠に、つづく。

ウーマン・マン

1

「もしもし…」

「こんにちは」

「はじめまして。いくつ？」

「二十六歳です」

「そう…今何してるの？」

「あなたに、会いたい」

「えっ？」

「あなたが…ほしい」

深夜のテレホン・クラブで取り付けた待ち合わせに、来なかったのは男の方であった。いや、男は来たのだ、二人とも。ただ一方の男は、相手をビルのすき間から見て、帰ったのだ。そう、相手は女性の格好こそしているが、まぎれもなく男だったのだ。

「ニューハーフクラブ・男菊」に勤めるコユキは、今日も街角で、男を求める――。

柳　勇気（のちのコユキ）は、小学生時分、ブランコに乗った時の、股間のスースーする何ともいえない快感を、中学生にまで持ち込んで、中学二年生の時、同級生の落合君の、「いっしょに、じいしようぜ」の誘いにモジモジしながら、落合君の射精後のトランクスを千円でゆずってもらい、家に帰ると、そのトランクスのにおいをかぎながらオナニーをした。高校生になると、センパイの下田君と高橋君の二人に、無理やり犯されたが、まんざらでもなかった。

「オ・ン・ナ」

二人に犯された後、勇気は、下半身むき出しのまま、寝転んだ姿勢で砂の上に、そう書いた。そう、男として生まれながら、女のよろこびの快感に目覚めてしまった、かよわい男子、柳青年の澄んだ瞳は、いつしか、メス猫のけだるさと、男根に対する、ほおずり、むしゃぶりつきたい欲求で、あやしくも艶に、ギラギラと真夏の太陽のごとく、かがやきを放っていた。

性同一性障害

これが彼（彼女）につきまとう、永遠のテーマの苦しみであった。

「あなたも明日から完全な女！」

テレクラのむなしい帰り、その会社の広告を見たのは、もう、夏も終わりの月末であった。

2

「ねえ、マヒルねえさん、相談があるんだけど」

「なあに、コユキ？」

「お金貸してほしいの」

「あら、もうすぐ給料日じゃない、がまんしなさい、男もね」

「そこを何とか、お願いね」

「いくら？」

「八十万円」

「ふざけんな、テメエ、何に使うんだよ」

「それは…」

コユキは本当のことを言えず、ウソをついた。自分だけが、完全な女になる、というぬけがけの幸せを察せられて、足を引っ張る、じゃまされることを怖れたのだ。

「ウソを言いなさい、本当は何なの…?」

ニューハーフクラブのねえさんは、その、見え透いたウソを簡単に見抜いた。

「…いや、あたい、女になりたいの、正真正銘の…」

言ってからコユキはハッとした。ジェラシーの目が、怖くなったのだ。

「…いいわ、八十万円ね。貸してあげるわ」

やっとのことで、約束を取り付けた。給料の二十万円＋《プラス》で、ちょうど百万円。手を伸ばして、手を伸ばして、つかみたい幸せが、やっと、つかめる位置まで下りてきた——。

3

㈱ウーマンからの電話は今日も鳴り響く。

「もしもし、柳さんのお宅ですか。ウーマンですけど、困りますね」

「どちらに用件ですか?」

「あなた、勇気さんでしょ?」

「いえ、兄は、ただ今出かけておりまして」

「ほんとですか？　その声、勇気さんでしょ？」

「いいえ、違いますわっ!!」

そう叫んで電話を切った五秒後には、またベルが鳴る。勇気は、気絶しそうになる。何でこんなことになったのだろう…そうだ、マヒルねえさんだ…あのマヒルが、女になれるあたいを嫉妬して、いじわるして、約束したお金を急に貸してやれないと言い出した、それで、パーフェクト・ウーマンチェンジエステコースに申しこんだ後、ダメになり、クーリング・オフをしたとたん、半額五十万の請求…ああ、頭とアソコが、割れそうだ……

ジリリリ…　ジリリリ…

うるさいっ、ヒステリーのように叫びまくった揚句、コユキは電話線を引っこ抜いて地面に叩きつけると、買っていた熱帯魚を、踊り食いした。

「もしもし…」

「こんにちは」

「はじめまして。いくつ？」

「二十六歳です」

「そう…わたしもだ」

「え？」

「柳　勇気さん、クーリング・オフ代、五十万円、払ってもらいますぜ」

3

秋の冷たい風が渦巻くビルの谷間を、かけ足でくぐり抜けると、やがて、パッと明かりがつく裏口…

「柳さんですね、お待ちしておりました」

やがて、奥の部屋へと通される彼女…。

「えーわれわれとしましても、このまま五十万もらうだけでは気が引けますので、代わりといっちゃ何ですが、二つのコースを設けまして…、一つは、化粧品五十ダース分を」

そうヒソヒソ話す支配人の魚の目に、Gパンの中に隠し持ったナイフをぶるぶる震わせながら、用心のため持って来たこの凶器で、この魚を刺身に切り刻みたい衝動も、抑えきれなかった。

『なんで五十万受け取るだけで終わらないのか、その方が、まだ気分的にいいっ!!』

そう胸を痛めるコユキの目が、瞬間、光った。

「もう一方のコースはですね、まあ、こちらのお店で、美容エステみたいなことをやりますので、それの体験コースみたいな…」

「うけますわ、それっ!!」

美しくなれるなら、この際、つまらないプライドとか、意地とかどうでもいい、と思え始めたのだ。

「…では、こちらから」

と、裏口へ案内され、外のビルのすき間の夜風を浴びながら、損したくせに、得した気分を保とうと、コユキは、わざと大またで歩き始めていた。

4

「なによ、あの子、最近すましちゃって…」

「いい気になってるわ、あいつ、ねえ、マヒルねえさん」

「それはね、実はあの子…」

ヒソヒソと、やっかみや嫉妬の会話を、ワザと聞こえる距離でされて、コユキは、ニューハーフクラブ男菊のドアから、泣きじゃくりながら飛び出した。

「なによっ、メスどもがっ!!」

㈱ウーマンに通えば、カウンセリングのすました女性が、色々と皮肉を言ってくる。

「まあ、おきれいになったわ。本物の女性には、かなわないけど。ところで柳さん、こういうコースがございまして、一ヶ月〇万円で…」

イヤなやつ…は障害を持っていると、必ず避けられない。障害とは…お金とは…幸せとは…幸せになるために、障害があって、お金が要る…そして幸せを求めるために、不幸になる…このシステムとは…？


ニューハーフクラブを、半ばやめさせられた格好となって、コユキは、隅田川沿いの夜道をポツリと歩いていた。

「ただ、女になりたいだけだったのに…

ただ、幸せになりたいだけだったのに…」


『おめでとうございます。パーフェク・ウーマンチェンジエステコースで、無事、本物の女性へと生まれ変わりましたわ』

「ありがとうございます」

『とても、お美しいでございます。コユキねえさん』

「ありがとう…」

あたし、やったわ、女に、ついに本物の女になれた、夢が、かなったわ。

隅田川からの帰り道、電車のレールの上に、血まみれのぐちょぐちょのかたまりとなった柳　勇気　二十六歳は、遠ざかるランプ越しに、そんな、あわい、ほのかな夢をいだいて、永遠のねむりについた。

末期の作家R・Aの心理状態

「第四」の遺作

心は、常に精神力より、つよい。心が、あばれる、くずれてゆく。

異常に勝つには、異常しか、ない。

せめて、自分を苦しめる自分をなくすことで、対抗できれば…。

孤独だから、いじめられ、苦しめられるのか、いじめられ、苦しめられたから、孤独になったのか…。

たとえ、何か一つ、うまくいってても、おどけたピエロの残酷な笑顔が、どこかで今日も見ている。どう、あがいてみても、逃げられない。

右往左往、頭の中で戦っても、やはり思い出してしまう過去のキズどもに、おびえる心のもろさ、頼りなさ、そして、さみしさ。

一《マイナス》が十《プラス》になったり、十が一へ行ったり、いちいちよろこんだり、かなしんだりしても、先のことは、だれにも、わからない。

人に気をつかうやつほど、一番、自分のことを計算している。

いくら、あこがれを抱《いだ》いたって、その人と交わってる人物が、実際いるこの現実。たとえ、今いっしょにいようが、その人と、学生時代を共に過ごした人物には、一生勝てない、青春というものの重み。

人はみな、だれもが一人じゃ生きられない。そして、まわりと生きてゆくには、自分を消してゆかなければならない。だけど、まわりから一歩先にゆくためには、人を傷つけることを避けられない。

遠くのだれかなんて、いつも身近なだれかには勝てない。そして、身近なだれかにあこがれても、それは、遠くのだれかよりも、はるかに劣っていて、時がたてば何でもなくなる。こんな自分にも、こんないいものが与えられた、と身近なものを、貴く思っても、それは、身近だという、魔法で、そう思えるもの。

知り合ってすぐ、覚えた名前を何度も言ってくれる人は、自分に気がある。大事な時だけ、名前を言うやつには、下心がある。

渋滞する心が、一番自分を傷つけることになる。思考のブレーキを壊し、心を、解き放て。

どれだけがんばっても、ぼくは、ぼくから、はみ出せない。生まれ持った性質は、どこまでも追いかけてくる。それによる、付属品たちも…。

過去のも、現在のも、いたみは、こわい。でも、いたみがマヒするのは、もっと、こわい。

一つ一つ、祈りながら、うまくやっていっても、先に待っている大きな口に、全て、のみこまれてしまう、そんな気がしても、このレールから、はみ出せない。人間は、先に楽しいことが控えてることを想像するから、常に目の前の幸せのパンを食べようと、走って（生きて）ゆけるのだ。その想像力が、全くはたらかない、今のぼくを、それでも動かしているものの正体とは…

強い心は、栄光にも、勝《まさ》る。そして栄光は、弱い心のままでは、いつまでもつかめない。そして強い心をつかむには、栄光を浴びるのが一番早道という、この矛盾のレース。このレースに勝つため、がんばらなくてはならない。だけど、その、がんばる姿、そのたまらなく心細くて、弱くて、みじめな、それそのものが、すでに負けてる、という矛盾を思わせる。どうしたら、勝てる？

あちこちにはたらく才能があっても、今度は、人がしらけるので、一つの才能と、それほどウケはたがわないもの。

すぐ何でも、流行や人のマネをする人は、「自分は、飽きっぽい」と言ってるようなものだ。マネされて、いい気分でいる方が、バカをみる。どうせ、また新しいものが出てきたら、そういう連中はそっちへ行って、すぐ忘れられてしまうのだから。だけど、時代というものは、常にそれが正しくて、一つのものにいつまでもしがみついてる者たちを、待っていてはくれないものだ。

ケチとは、得してるようで、一番損してる人種である。

大きなものをつかむ道のりの途中の、小さな満足や安心なんて、本当はない方がいい。「ま、いっか」という気持ちは、生きてゆく上で、必ず要るけど、そればかりでは、大きなものへ近づけない。そして、その大きなものを手に入れることと、幸せを手に入れることとは、また、違うことである。

実際のところ、大したことじゃないのに、それに気づかれないで、批判されずにすむ、という、ある種の威圧感も、才能の一つである。人の目を、錯覚させ、だまし、くらませて、自分までも才能があるように思えてくるのも、一つの才能である。でも、そういう人も、自分の見えないところで言われている言葉を耳にすれば、気をうしなう。人間だれもが、全てに目を通せないことで、かろうじて救われてる。全ての人とは分かり合えないという、だれもが生まれ持った悲劇。だから人は、仲間をつくって、なるべくその中にいたいのであって、そこがいごこちいいのだけど、より広い視野を手に入れるためには、いごこちの悪い他のところへも、いごこちの悪い「一人になる」というところにも、行かなければ…。悪口を無視して、いごこちのいい場所を選ぶか、それとも、悪口に耳をすませ、そこからぬけ出すか、いずれにせよ、他人と共存してゆかなくては生きてゆけない、この世で生きぬくのは、大変だ。

人は、己の短所は、憎みこそしても、認めて愛することは、なかなかできない。人は、己の長所を愛すから、それが活かせない時、悲しむ。特に、だれかの手によって、長所が殺されている場合は、より深く。そして、人がだれかを好きになる場合、相手が自分の長所を認めて、理解してくれることが、大きな要因となることは、それは、人は普通、自分じゃなくてもいい、別の他の人でも愛す、という相手なら求めない、自分のよさを分かってくれて、自分だけを愛してくれる相手を求めるから、だれかを愛してる時だって、常に人は、自分中心だ。だれかを愛することは、自分を愛すること、自分の価値を認められることが確認できなくなっても続く恋なんて、ありえない。だから男でも女でも、相手の浮気を見つければ、いくら愛し合った仲でも、ウソのように別れていく。だけど、本当のところ、そういう自分の短所、いろいろな悪い自分さえ、愛してくれる相手がいるなら、その人こそ愛すべき人であって、そういう人に出会ってこそ、自分の短所も愛せるようになるのであろう。

男は、自分の価値を、他にも女を作ることで増したように感じ、女は、そういう男によって、自分の価値が減ったように感じる。その逆のバージョンは、これほどでは、ない。

この世のあらゆるものごとは、いったん人の目にさらされることを意識すれば、仮面をかぶる。

親は、家庭に仕事を持ちこまないということを美学と思う人もいるけど、子供のためには、仕事のことを子供に話し、できれば仕事をしている姿を見せた方が、ゆくゆくの子供のため、そしてつまりは親自身のため、家族の平和のために、絶対、いい。親の努力、苦労を知って育った者は、たやすく、自分の努力や苦労を口にしないもの。それが当たり前と思ってがんばれるから、そういう子供は、大人になっても、社会に適応できる。そして、親がいる、という、そのことですでに守られているものだから、どんな親だって、いなくなればバリアがなくなって、攻めてくるものを意識し出すから、親というものは、神にも換えられない。そのことに気づくのが、すでにいなくなってからなんて、あまりにもマヌケ過ぎる…。

全ての人には認められないことをわかっていて、それでより多数決で多く支持されるものを知ってる、そしてそれを持っている者が世に出るという、この世の仕組み。そして多数決をする側は、それを生まれ持たない。人は、自分にないものを持ってる人をあがめるけど、そのウラのねたみ、うらやましさをどうにか抑えられている理由は、人間は、自分にもあるものを他人が堂々と見せびらかせ、チヤホヤされてるのはがまんできないという性質を持っていて、だから人は、己の内に秘めた欲求のほこ先を、堂々と満たしている他人だけが幸せに見えて、その幸せをねたみ、己の持たない欲望を、いくらかなえている人を見たって、何とも思わず、それで、自分の持たないものを手にしている、その人を尊敬もできる。よって、若いうちは、自分にあらゆるものが備わっていて、何でもできそうな気がして、欲望も多く、その分、ねたみも多く、あせるものだから、年寄りの平和、尊敬が理解できない。そして、若いうちは、輝かしい、きれいな、またはカッコいい、ノッてるものに、そのものをよく知らないまま、心を奪われるが、年をとれば、年相応に、自然と他のものに心を託して、自分を守ってゆくように、だれもがそう出来ているのだから、若い人々が、今しかない欲望に忠実に生きることを、誰がとがめることができる？「若さ」というものに、もれなくついてくる、その性質を否定したら、それこそ、ウラにねたみを秘めたご老人、といえるだろう。

いいものなら、いつか必ず世に出る、それに必要なものは、欲望、そこから生まれるねたみ、そこから生まれる努力…。

自分の秘めた欲望をかなえてる人を、人間はうらやましがる。そして全ての女性は、結婚という名の欲望を持つので、女は常に、結婚した女性、あるいは、うまくいってる恋人同士さえ、うらやましがり、まわりがライバルだらけになる、そう見えてしまうから、女性は結婚にあせる。そこが男との、決定的な違いであろう。逆に男は、この女性を他のやつに取られたくない、早く自分のものにしたいという、別のあせりから、結婚というものが頭に浮かぶ。そして、そのあせりから生まれるアタックに、他を選ぶ余裕もなくなびいてしまう女心のあせりが、深く考えなくともOKしてしまう。そう考えると、結婚後の、期待はずれの夫に、妻が寛容なのも、あるいはすぐ離婚してしまうのも、どちらも理解できる。いずれにせよ、そう考えれば、結婚する相手とは、運命の人とも、言えなくもない。

人は、相手に費やした元を取ろうとしてでさえ、人を愛す。正確に言えば、愛してる気になって、その気に押されて、そのままゴールインする場合も、確かにある。人間の、元を取ろうとする力を甘く見てはいけない。それで世界は動いているのであって、そもそも人間とは、生まれてきたからには、死ぬまでに、なるべく多く、元を取ろうとする唯一の生物、とも言えるだろう。

自分の真の欲求を知るには、その欲求が満たされた後でも、他人が同じように満たされるのがガマンならないかどうかを考える。ガマンならないというものだけが、真の欲求といえるだろう。ラーメンを食べ終わった人が、他の人も同じくラーメンを食べてることにガマンならない、なんてありえない。自分が食べれない時は別だけど、自分が満たされているにもかかわらず、他人も同じ幸せにあやかっているのが耐えられないもの、それは、例えば夢がかなった後、本当に自分が求めていた夢かどうか、あるいは、自分のものになった恋人が、本当に好きかどうかを知る指標となるであろう。その人が、一時的にせよ、他人のものになるのがガマンできない、と思う相手でこそ、自己の真の欲求の求める人であって、それがその人の体なら、その欲求の正体は肉欲であって、体はガマンできても、心が他人のものになるのが耐えられなければ、自分の求めるものはその人の心である。普通なら、心も体も他人のものになるのを嫌っても、男も女も、体は容易に他人のものになりやすいので、それでもせめて心だけは自分のものでいてほしいと願う相手こそが、心の芯から求めてる相手といえるだろう。夢だって、同じ分野で活躍するライバルに「何くそ」とも思う気持ちを抱《いだ》けなければ、それは、どこかで、あるいは誰かの手によって、すり替えられた仕事であって、己の真の欲求を満たしている、または本当に求めていた夢なんかが、かなえられているんじゃない。だけど、こうも言える。たとえ、それが自分の本当に求めてた夢であっても、夢も、かなえればやがて、日常というものが仕事にすり替えてしまう。仕事に変わった夢は、同じ職場で、同じように欲求を満たしてるライバルさえ、どうでもよくなり、その人をほめることも、卑屈にならなくなってゆく。いつまでもライバルがいるとするならば、その人は逆に幸せなんだ。なぜなら、ライバルや敵を意識している今現在、やってることが、自分の真の欲求の中に生きてることなのだから…。

その人のことが、本当に好きかどうかは、こうでも判断することができる。人は、本当に好きな人のために、または心から愛する人のせいで失くしたもの、は数えない。数えるようになったら、すでにもう、その人のことを、思い出にしようとしている。失ったものを数えてないのなら、まだ、心のどこかでその人のことが好きなのだ。

ヤル気をそげさせ、生きてゆくことさえ、しらけさせる環境も、ある。ある。

がんばることと、幸せになることは、必ずしも比例しない。そのグラフをまぬがれて、幸せな人も多い。その線が下降してゆく人も、少なくない。もともと、幸せとかそういうことを何も考えず、ただがんばれる人も、いる。だれもが、十《プラス》思考を多く与えられているから、たとえ不幸の中でも、それによって幸せを見つけるけど、いつまでも続く幸せなんて、果してどこに、見つかる？　幸せなんて、しょせん自分で決めるものだけど、その自分が感じてる幸せさえ、時に、自分を裏切っていることもある。幸せとは？　一体、一つのものに、盲目的にあやつられてる人々と、それをバカにしてるヒマ人たちと、どっちが幸せ？

時間をムダにしないように生きる人ほど、無理を重ねて早死にして、生きた時間が人と比べて短く、その分、より多くの時間を、アダにすることと、なることも…。

健康に気をつかう人ほど、そのことに時間や思考が支配され、たとえ、その成果で長生きしたとしても、生きてる間にできることは、早死にした人と、あまり変わらないということも…。

だれにもピークがあり、それ以後、それ以上、いいものを出しても、それ以上、売れない。このことは、人間そのものにも当てはまる。いつも、この世を支配している力は、実力よりも運の方を、優先してる。

失うものを気にしてやってることの方が、より多くのものを失っている。より良いもの（人）を探して迷ってる時の方が、良いもの（人）は、遠ざかる。「迷い」なんて、その中にいる自分が、一番、気づくはず…。

同じ気持ちを持った人と、好きになる人は、また違ってくる。自分の通じない人が好きになることもある。

ダマして、それがバレるのが悲しいんじゃない、そんな己のいやしさ、みにくさを知るのが悲しい、人もいる。自分も同類だと――。

芸術だって、他人だって、好物だって、ずっとふれてたら、気がふれる。その時は確かなものに思えても、それは一時的なことで、その時その時の感じ方しだいで、意味を変えてゆく。幸せとは、確かなものじゃなく、しょせん、その場しのぎなんだ。その時を、満たしたものも、次は、満たせない。

心底、好きな相手なら、思ってることをぶつけて、それで嫌われることも、構わないと思えるはず。それによって、相手のイヤな部分を見るハメになっても、おそれないはず。ビクビク相手の心をうかがう恋なんて、本当に愛してない、傷つく自分を守ってるだけ。

好きな人の心をつなぎとめるために、いろんな物を与えても、いろんなことを約束しても、本当にお互いをわかり合うためには、好きだという気持ちだけじゃダメなんだろう。

たとえ、イヤなやつと思われても、叱って、正しいことも言うべきなのだ。

心なんて、性欲にさえ支配される、それによって、体や、生活も――。

代わりですむものなら、それほど大切なものじゃない。そしてこの世には、おそろしく、代わりのものが用意されている。

何かを守るより、手放した方が、いい場合もある。だから、わからなくなる。

人は、愛する喜びをなくした時、その時はうとましくさえ見えた、心から思ってくれた人たちを思い出す。だれかを愛す喜びがあるうちは、それが、霧に包まれている。

本当に大切なものを失う真の不幸を目にするたび、人は、本当はどうでもいい事に、あまりに気を取られてた自分を知って戦慄する。何度もわかってはいるけど、その事をのみこんで消化できない、小さな心。

あの人の欲望は、次から次へと満たされるから果てしなく、わたしの欲望は、何一つ、満たされないから果てしない。

そこにあるホコリが一ミリ、手前にあっても、あのカベが一センチ奥にあっても、それだけで、この世は違ってた。そう考えると…×?

寛容と、気づいてないだけのお人好しとは、別のものだ。そして、真のお人好しとは、気づいても、気づかぬフリをする人である。

もし、違う夢を見ていたのなら、その日一日の行動すら変わるのなら、毎日、夜寝て見る夢でさえ、運命のワクからはずせない。

いいかげんにやっていく方が、うまくいくのだから、もう、わからない。

美しさとは、多くのものに支えられて、光が当たり、光るもの。化粧しなかったり、毛を剃らなかったり、フロに入らなかっただけでも、保てない。美しさは、そこにたった一本毛が生えてたり、何かついてるだけで、その名を失う。そして、そんなに必死で求め、保とうとする美は、年を取れば、他の誰かの写真を持って来て、

「これ、わたしの若い頃」

と言ってみても、誰も疑わないほどしわくちゃになってしまえば、若さだけが武器の美の、はかなさを知る。やがては、誰もが、若い時の写真を人に見せて、自慢して自己満足するだけの世界に、足を踏み入れる時が訪れるなんて…。そうして、その時には、自分のやってきたことすら、口にすれば「ハイハイ」とうなずく人たちに、慰められるだけになるなんて…。


どんな、この世を震撼させる事件でも、次から次へとあふれるニュースに、色あせてゆく。時に置き去りにされるのは、いつも、悲しみだけ…。

人とのつき合いだって、悲しむ心を持てば、先に行かれてしまう。おいてけぼりにされる悲しみの声に、さしのべる手は、…冷たく、ひえてる。実は自分の方の手（心）が冷たくなっているのに気がつかずに…。


みにくい欲望でつながっていて、それが、お互い充分過ぎるほどわかっているから、な

おさら、口にもできず、つながってるものを自分から壊せないという、おきて。

傷つくことを考えてないやつほど、人に好かれる仕組み。

この世に幸せな人が多いから、大目に見てもらって許されて、流される。人々がピリピリし出したら、どんなものに保証があるというのだろう。人々の幸せをうらやむ人だって、その、人々の幸せという土台があってこそ、生きていられることをわかれば、己の存在の意味の、謎の糸口のほつれをつかめるはず…。

誰もが、その分野の一番を背負う人がいるからこそ、安心していられる。それをわからず、その人をけなして、自分の方が一番に向いてる、と思うやつほど、その人がいなくなれば、誰も見向きもしてくれない。そのことを知ろうとしないから、そういうやつは、いつまでたっても一番になれない。

どの分野でも、一番の重みを背負ってる人物は、その人にしかわからない苦悩を持ってるからこそ、いろんなことに耐えられ、それで多くの人に尊敬されるのだから。もし、その人よりすぐれていたとしても、一番になるために必要な何かを持って生まれてくるとは、限らない。

当然、愛を与えてくれるべき人間が、愛を与えてくれない時、人は、憎しみの感情を覚える。特に、他人と較べる時、自分の恵まれてない境遇を虫メガネで見るから、余計なことまで大きく見えてしまうもの。そんな他人だって、同じように虫メガネで自分を見ていることに気づけば、だれもが、恵まれている部分があれば、それだけ恵まれてないところもあり、似たり寄ったりで、他人と較べることは、それこそドングリの背くらべに終わる、とさとるだろう。一般の境遇の常識にとらわれず、その人物を観察できるようになれば、愛のない人を憎むこと自体のバカらしさに、やがて気づくだろう。それでも湧き上がってくるこの感情を、どうしたら、いい？

本当にずるいやつは、本当のことを言わない。そして失言するやつを責めるべきか、失言しないようにしてる、ずるがしこいやつを責めるべきなのか、本当のところ、犯罪を見つからないよう、あるいは、人に気づかれないようにしてる人々や、犯罪を犯さないのも一つの知恵ならば、つかまる人々の方が一方的にずるいとは言えないとするなら、何が一体、この世の悪なのだろうか…。

自分より劣るものをほめるのは、余裕からであり、自分よりすぐれたものをほめるのは、ある意味、純粋で、欲がなくて、ある意味、怠け者である。

だれからも愛されて育てば、自然と、だれからも愛される性質を持てるというのに、憎しみの中で育てば、自然とひねくれ、ますます愛されなくなる。そしていつのまにか、大人になって、憎しみと責任だけを目隠しのまま背負わされてる、人の身——、たまらなく心細くて、行く先さえ、足元はおぼつかない。

恨みを晴らすための復讐ほど、むずかしく困難なものはない。自分を守らなかった、ずるがしこくすりぬけた法律のアミの目が、今度は、相手をガッチリ守って、どんな方法もすりぬけないでつかまえる。恨みを晴らそうとあがけばあがくほど、我が身がますます落ちてゆく、追い込まれる。先に苦しめられ悲しませられた方が、負けなんだ。そして、苦しめ、いじめる方は、いつもこっちが奪われるだけで、何一つ奪えない、ということを知っている。

こういうことが、世の中、どれだけ起きているか。

より、良かった場合を考える時、人は傷つき、もろく、壊れやすくなる。
悪いやつでさえ、落ち込んでいたら人々は応援するというのに――。落ち込んでいても、無理に元気を装う者の悲しみには、誰も気づかず、通り過ぎる。

努力のカゲのないところ、説得力はない。

しょせん、犬死にしたら、負け犬。

内容にこだわる才能は、早く仕上げる才能に、置いてゆかれる運命。

うまくいってる人生は、自信が味方して、ますますうまくいき、何をやってもうまくいかない人生は、自信を失って、いつも前者に道をゆずる運命。

だれもが、新たなヒーローを歓迎するのに、それが落ちこぼれることも、同じように歓迎する。

実際問題、深く考えず、ふり向かず、駆けぬける方がうまくいくもの。たどり着いた時、そのことに気づくのだから、ゴール地点で初めてふり向いたり、考えたりしても、スタート地点や、ターミナル駅から見えたものの姿も、形を変えて、答となっているはず…。

言葉は、経験した者にしか、わからない。経験していない言葉は、その時は身になったと感じても、たやすく、忘れ去られてゆく。記憶に残るものと、いいものとは、必ずしも一致しない。悲しみにくれてる少数の心に深入りするのか、それとも、笑顔の大多数へと、面積を求めるか?

キズによって、弱くもろくなり、そのキズへの復讐の炎が、その崩れそうなところを、何とか固めている状態…。

もし、君にイヤなやつがいるならば、そいつの存在を反動代わりに、自分の弱点や悪い部分を、壊してゆけばいい。

その部分は、自分を傷つけるところなのだから、もう、それが何かは気づいているはず。君だって、やられっぱなしはイヤだろう? だったら、自分から、固まっているものを壊してゆかなければ…。

事実を知ろうとする行為とは、実際は、その事実がどっちに転がっているかを知る行為であって、転がった方角が左か、右か、がわかるだけであって、事実そのものは、知ろうが知るまいが、微動だにしないもの。それならば、知らない方がマシという事実もあり、知ろうとするだけ、時間のムダという事実も、ある。たとえ、悪い想像の方が当たっていたとしても、当たっていた、と知ることはできても、事実そのものは動かせない。だから人は、知らない方が幸せなんだ。

どんなに救いの言葉を求めたって、その時、一瞬、癒されたように思えても、その元の親玉が消えない限り、また次々と、悩みや悲しみは生まれて来るから、そしてその元は、どれだけ説明したって他人にわかるものじゃないから、最後には、癒せるのは自分の力だけだろう…。だれもがいつかは、そのことに気づいてゆく。それに早く気づく人ほど、わたしのような遠回りは、しない。

人は、どうしても安心を求めるけど、安心しようがしまいが、事実は変わらないのだから、不安な思いを逆にバネにする方が、早道の場合もある。

友情や、学問だって、ずっとふれていたら、前に書いた芸術とかのことと同じく、気がふれるのだから、この世のものは、何でも、自分にとっていいものでさえ、近づくことと同じように、距離を置くことも大切になってくる。

人は、お金にでも、飼っているペットにでも、自分の求める夢や理想にでも、趣味にでさえも、自分を縛られる。自分の一番好きなものが、一番、自分をきゅうくつにする、という逆説…。

人は、おそろしくチッポケなお金を浮かすために、おそろしいほどの情熱や時間や神経をつかって、わずかな浮いたお金に、よろこびや生きがいを託し、あの世にいく時には、その一つも持ってゆけずに、その数百倍、数千倍の金が、他人の手にやすやすと渡ろうが、安らかにねむり、知ることもないことから、お金とは、この世の現物なのだと、つくづく思い知る。

会った時から、気をつかわせる雰囲気を、漂わせてる人もいる。

気分なんて、五分後には変わるもの。そして若い時ほど、より変わりやすいものだから、それをうまくコントロールしてきたかどうかの結果が、年とった時に表われるのだろう。ねむ気《け》さえ、コーヒーという物質によっても、ねむらない気分に変えることも可能なのだから、たとえば「ウソつき」といわれても、「あの時は本当だった」が、本当なのかも。

かなわないイヤなやつ、どうでもいいやつへの、怒りがこっちへくる。不公平、不条理。

人は、自分以外の全ての他人と接する時には、必ず打算が生まれる。相手に良く思われたかったり、自分が傷つきたくなかったり、相手の、愛されてるという思いを裏切りたくなかったり、相手のイヤなところを見て、ガッカリしたくなかったり、それはつまり、同じように自分も裏切られたくないという心のカガミから、生まれるもの。

男と女は、たとえ性格が合わなくても、肌さえ合えば、性欲は通じる。肌が合わなければ、性欲さえも通じない。

身内や、上の人たちは、自分が失うものが怖くて、「あなたのため」と言う。

世間の人は、人の幸せがねたましい時、自分を守るため、世間の常識を持ち出す。

心なんて、その人が、例えばメガネをはずしただけでも、その人のも、その人を見るまわりの人々の心さえも、変わってゆくじゃないか。メガネ一つでも、人生の行き先を左右するのなら、病気になっても、文明の発達がメガネを不要のアイテムとしても、どちらにせよ、悩んだ月日さえ、無意味と化してゆく。つきつめれば、いつの日か、顔さえ自由に変えられるのなら、人間関係で苦しむのも、この顔のせい（なぜなら、顔が明るくなれば、性格や心も明るくなるのだから）なのだから、今、人々が悩んでることの意味は、未来には存在しないのかも…。未来を待たなくたって、もうそのことに気づいて、実行してる人々も、いる。そして、一様に、その人々は口をそろえて、こう言っている。「前よりも、幸せになった」と。

どうでもいいことに悩まされる人間は、どうでもいい人間になる。

そして、どうでもいい人間は、メガネをかけていようがはずしていようが、しょせん、同じような人生。

だけど、自分は違う、メガネをかけていなかったら、…そういうことを想像する自分が、一番、どうでもいい人間…。

自分のやりたいようにやることと、うまくいくことは、違う。また、うまくいくことと、売れることも違う。そして売れることと、幸せになることも、また違う。

仕事でも何でも、自分のやりたいようにやって成功した、その満足感は、射精に似ている。それに比べて、他人から与えられる満足感は、女の快感に似ている。

今までの人生で思い知ったこと、それは、金がないと、夢も幸せも恋人も逃げてゆく。そして、失う金を計算していると、見えないところでもっと大きな損をしてる。しょせん、わたしも金に縛られる全ての人と同じ…この世は全て、金…。

だれのオカゲで、どれほど苦労させられようが、だれの知ったこっちゃない、この現実——。

一生消えない痛みも、一生消せない不安も、ある。絶えずぶり返す、襲ってくるそれらを、打ち消すことだけに費やした〇年――は、一体、何だったんだろう。そして、これからもつきまとうのなら、どこがゴールだろう。仕方ない、超能力者に生まれなかった自分が、悪い。

アッという間に死ねば、楽。おそろしいのは、運命にじわじわと殺されてゆくこと。

どんなに自分より、頭が悪くて知らなくても、はるかにすぐれていると思わせる、好きな人という生物の神秘。

自分の見た目に自信がない時、人は必要以上に、敵意の視線を感じる。自信があろうがなかろうが、他人は本当のところ、こっちなど見てはいない。どんなに着飾ろうが、人の目を気にしようが、自分の期待以上の視線など、決して注がれてはいない。こっちが、「きれいだと思われてる」と感じた他人の目は、実はこう語ってる。
「いい気になるな、自意識過剰の、目立ちたがり屋が！」

ハデ好きな人は、おしゃべりな人が多い。だから、多くの口がものを言う流行というものが選ぶのは、ハデなものが多い。それに比べ、地味なものは、いつもハデのかげから逃れて、地下へともぐる宿命。それは、人間にそのまま当てはまる、この世の仕組み。

人は、生活や環境が向上しない限り、一生、気づかないまま過ぎ去る事もある。

人間として生まれた限り、だれもが人に嫌われる部分をどこかに持っていて、それに自分で気づくことなく、一生を終える。たとえ気づいたとしても、人間はだれでも、死んでも直らない性質を、一つは必ず持っているので、だれからも嫌われずに、直した状態であの世へは行けない。

すごみのある人には、誰もが気をつかう。

弱みのある人には、誰かが矢を放つ。

一つのことに長《た》けてる人は、そのことがクローズアップされる時に、全てがゆだねられる。その時が去ってしまったら、また世間の話題から、姿を消す――。

だれもが、一人一人少しずつ、勘違いしてるからこそ、世界は止まらないで進んでいる。自分の夢が、本当に望むところに存在するのかどうかも、知るすべもないから、届くかどうかも行方がわからない。日々の絶え間ない努力のかけらの集まりの力が、今日も、地球を動かしている。

言ったそばから、忘れている相手の言葉を、いつまでも忘れられない、かなしさ。殺された子供の悲しみを訴える親の姿が映ってるTVの前で、今日、会った恋人のことで悩む若者たちの姿——。に無関心な、大人たちの姿——。

何を目にしても、すぐ「カワイイ」という人は、自分が誰からも好かれる存在だと思い込んでいるか、あるいは、よっぽど満たされているか、その逆で、よっぽど、満たされてないか——のどれかだろう。

人は、自分の悪いところが似てる人を、必要以上に警戒する。

人は、感動したいために、泣く場合もある。

例——卒業式——。

さみしさが、一番いけない。さみしさが人を迷わせ、その人の思考も、能力も、さみしくさせてしまう。さみしさだけは、だれも一人では克服できない。

この現実は、決して強制的なものじゃないから、自らの手で消すことも、可能なんだ。それを阻むのは、自分かわいさ以外の何物でもないのだから、そして、全ての他人を、今日も動かしているものの正体は、同じようにその、「自分かわいさ」が全てだとわかれば、そんな単純な真理も、肩の荷を下ろす道具ともなる。そして、死んでしまえば全て消せるのだから、この世で見たもの、味わったこと全て、自分だけの悪い夢だった、とすることも、つかの間の地獄だった、とすることだって、どんな人にでもできる。現実とは、その程度のものなのだ。生きているうちは、変えられないと重くのしかかる、この現実というものは、実は誰にだって、変えるどころか、その手の中に全て握られている——。

人が引きつけられるのは、その人の才能や、美や、人柄うんぬんの前に、選ばれたという運そのものに、ということもある。

美談でさえ、人の目や耳にふれるという、計算が含まれているとするならば、――×!?

世間一般の受け皿の上にぐあい良く乗るものは、あたりさわりのない、陽気な、何より自分に害がない料理――、と相場が決まってる。

人は、誰かが一言、言い出せば、それに便乗して言い出すまで、自分までもだましている。

世間の反感を買うものを好きだったことは、自分まで落ちぶれたような、後ろめたいような、そんな気分にさせる効果がある。

本気で誰かを好きになったとたん、どんな人でも、たとえそれまでは孤独が平気だった人でさえも、とたんにさみしがりやとなる。

芸術にとって一番命取りなのは、自らそれを芸術だと、口にすること――。

自分の持ってる常識を打ち砕くようなことをする人が、たとえ自分に関わらない、遠くの場所で現われるのを目にしただけでも、人は想像以上に気分を害され、声を上げて怒る。そして常識の集まりが、それを抑えつける。過去が聖人の集まりである。

嫌われるということよりも、どうでもいいと思われてる方が、ミジメなものである。

世渡り上手の才能は、努力を見て、笑ってる。

落ち込んでる人を見かけたら、こう言ってやるべきだ。
「あなたも、認められたいんでしょ。
チヤホヤされたいんでしょ。ほめてもらいたいんでしょ。人より幸せになりたいんでしょ。
それには、だれかがいなくなればいいと思ってるんでしょう。
要は、わかってくれる人はいるけど、それが好きな人じゃない、それだけでしょ、甘えんぼうのよくばりさん」と。

人間は、犯罪を犯して自分が注目されてる時に、罪の意識よりも恍惚を感じる。

人は、自分が思ってる何万分の一も、自分の悲しみは、他人の心にはひびかない。そういう悲しみを押し売りするのは、独りよがりでしか、ない。

誰がどれだけがんばってみたって、人間のやることは、悪や、違う価値観には通用しない、というおきてを、誰も打ち破ることはできない。

その時の主役に群がり、賛同することは、一番自分を守る近道である。みんなが賛成するものに嫌われ、はみ出すことがわかっていて、ワザワザ逆らう者など、いない。

本当の悲しみは、好きな人にフラれることなんかよりも、その人のことを、もうあまり好きじゃなくなった自分の気持ちに気づいた時に、言葉を失うことの方――。

どんな幸せな人でも、不幸な人には感じない、どうでもいいことが目につき、しゃくにさわるようにできているから、それほど違いは、ない。

ずうずうしいやつが、いつも決まっていい思いをする。ずうずうしい人は、何より他人の困る目を通り越して、自分自身が困ることさえ顧みない場所までたどり着いているから、傷つくことを知らない。彼らは、この世で生きてゆくには、やさしいだけじゃダメなんだ、ということが、いちいち取り出さなくても、すでに脳の中に永久保存されている。

見たくないものを、見せつけられてる自分が、一番見たくない。

自分に余裕がある時に、人は他人にやさしくできる。自分さえもいたわる余裕のない者に、どうして他人のことまで考えられるというのか…。そんな時、ムリに出すやさしさなんて、伝わらない。

どんなにすごい人でも、誰かの作った中でしか、自分を生かせないし、一人じゃできないことの方が多いという、人間の箱の中。

注目も、愛も、幸せも、生むより保つことの方がむずかしい。はじめから盛り上がってたりしたら、それこそ長続きはしない。一番、理想なのは、徐々に生まれてきて、やがてどこかで爆発して、あとはその反動に身をゆだねて、その後は、知らないフリでやり過ごす、という流れ。

己のことを自覚している人ほど、己を飾らない。自分を大きく見せようとする人ほど、自分のことを、よく知らない。

小さな幸せを求めている人は、小さなことしかできない。普通の幸せを許されている人々は、よく似た願望を持つようになる。

今をおびえる人は、確かな過去がない。すがる思い出も、手を伸ばせばポロポロと落ちてゆくような、色あせたものばかりの時、人は何を頼りに、自分の存在の意味を求めればいいのか？　その時、今こうして生きていて、時間の流れと共に過ごしているように、確かに同じように感じた現在というものが、はるかかなた、遠い過去と、いつのまにか押しやられてったのは、ほんのわずかな瞬間で、同じく瞬く間に、この今という時も、足早な未来の到来によって、過去や思い出と姿を変えてしまうのなら、人の一生なんて、アッという間に、今感じていることさえ、思い出の波に押し流されていって、記憶の奥底に沈んでいって、はかなさという言葉にどっぷり埋もれるものであろう。あらゆるものにマヒさせられた、感じる心のその時その時を、大切にしてゆきたいとは願うけど…。その願いは、祈りへと変わってゆく…。

どうでもいいことを、大ゲサに騒ぐのが好きなのは、だれ？　――ハイ、この世です。

今、生きている、あらゆる人々は、新たに生まれてくる者たちには、勝てない。

人のいい人ほどいじめられて、いじめる人が、少しでもいいところを見せれば、全て許してしまう、という定理。

他人に好かれる人は、どうすれば好かれるかを、こう計算してる――まず自分のみにくい部分を見せないようにして、相手のいいところをひき出して、相手のきらいな人の悪口を言って、共感し合おう、なるべく、こっちからは余計なことをしゃべらず、相手の言うことにウンウンととりあえずうなずこう、そして時と場合によっては、媚を売り、へつらおう――ガンコな人ほど、純粋なのかも…。

お互い、いい気分で別れた時ほど、次会う時、なぜか気まずい、という心理――。

あまり考えない人ほど、過大評価すれば自信過剰になりやすく、自分を知ってるがゆえ、自信がない人ほど、過大評価におびえる。その他、特殊な人々は、過小評価の方を、自ら求める。それは、あまり世間に気づかれたり、騒がれたくない人々だ。それらの人々は、世間の好意よりも、世間の敵意をより強く感じてしまう、という特殊な感受性を、おのおの持って生まれている。

たとえどんなにいい人たちに囲まれていたとしても、その中に、たった一つでも敵意が存在したら、たちまち、それに気づいて、多くのいい人たちの方よりも、そのたった一つの方を、強く意識してしまう心に、安全地帯はどこにもない。

たとえば、一つの名曲が生まれる背景には、同じ時代に、同じ空間で、詞を作る人と曲を作る人、そしてそれを歌う人とが、それぞれの人生の途中の、ある瞬間に交錯しなければ、と考えると、運命というものは、確かに存在するのだろう。そう考えると、名曲の存在を否定することは、自分自身の存在を否定することになる。そして名曲がこの世に出るべくして出たように、自分の運命もすでに決まっていて、なるべくしてなってゆくものだろう…。

本当は、人と自分を比べないで、人は人、自分は自分、として生きている人々が、一番良い――愛すべき、ひたむきな、そういう人々のように、本当は、一番なりたいのだけれども、そうしたら、なぜだか負けそうな気がするのは、なぜ？

いい物も、悪い物も、お互い交わることなく、いがみ合う。

会えない方が、愛を育てるなんて、人は、会わなければ、忘れてゆく。

努力とは、あとになって、ふり返るもの。

たとえ、どんなすぐれた物も、そうでない物も、人の目にさらされなければ、ゴミと大して変わらない。そういう物が入るところは、いつも同じ――自己満足というゴミ箱の中――。

人は、自分のやった愛が伝わっているかを確かめたくて、その愛のお返しがほしくて、本当は好きでもない人のもとへでも、ノコノコとやって来る。

どんなに強烈な才能も、うまくやる才能には、道をゆずる。

夢とは、それだけに目を向けて、まわりを見ないで、夢中で駆けぬけて、結果も含めて、全てはあとからふり返るものだと信じて、追いかけるものだと。

人は、己にさえ飽きる時も、来る。自分さえイヤになる生物が、他人をイヤにならずにすもうか。

痛い目にあって、賢くなってゆく人間も、何度失敗して、わかっていても、どうしても直せないものを、必ず持つ。

食べたい物を、あれこれ考えてみても、時間がちょっとたてば、食べたい物も変わってゆく。

残酷にさらされてるのを見ると、人は目をそらすが、それがやめられても、がっかりするという心理。

人は、自分をいじめたやつや、フッた相手を見返すために奮起して、意地になってがんばることがあるけど、はじめからそういう出来事がなかったのなら、と考えて、それ以来、道をそらしてしまった人生を思うと――。

真剣な話だと言いながら、手はポケットの中に入れたまま、話し出す相手の言葉は、重みを失う。

人は、目のきつい人の性格も知るから、猫でさえ、性格のいい猫、悪い猫を、見ぬけるようになる。

気が弱いやつは、必ず痛い目にあうけど、同時に、ふつうの人がそんな目にあったらとても耐えられない事でも耐えきるだけの忍耐も与えられている。だから、気が弱いから、と悲観しなくとも。

全ての幸せを、食べる行為にゆだねてみても、食欲さえ確かなものじゃないことは、なるべく多く幸せを感じようと、目の前にいろんな食べ物を並べてみても、満たされたとたん、残った料理を見てウンザリして、何でこんなに買ったのだろう、といまいましく思えるように、多くの幸せを求めたら、きっとこんな気分に陥るだろうと、そのことが分かっただけでも、幸せを深追いしないことの幸せもあるはず――。

思い出にすがって、その人がまだ、自分のことをどこかで思っていてくれる、と自分を励ましても、その人は、その人の生活を送っている。

その時その時に悲しみに費やした時間は、同じ「時間」という非情なものによって、意味を消されてゆく――。一体、何だったのだ？

何でもない、ふつうの日々が、クリスマスや、バレンタインや、誕生日を盛り上げ、それらの日にはしゃぎ、浮かれた気分を、また次の日からの、ふつうの日々が、容赦なくバカにしていく。

あれだけ歓迎したものも、誰にでもやって来る恋なんて考えたくもない時期にでは、他人の恋や愛の言葉なんて、耳ざわりで、うっとうしいものへと変化する。まして、他人の恋なんて、受けつけない。

好かれようとする行為が、一番きらわれる場合もある。女が思ってる男のよろこびと、男が考えてる女のよろこびは、それぞれのよろこびに、あいまみえず、すれ違う。相手にとってよかれと思う、その気持ちが盲点となる。

心ないやつに、やったことを謝ってもらいたいと思うから、苦しむんだ。心ないやつらのことをいつまでも考えても、こっちがますます損をするだけ。それならいっそ、やつらはこの世にいない、と思えばいい。

さみしがりやをバカにするのも、自分がさみしいから。さみしい、さみしい、と口にできる人々が、本当は、うらやましいだけ。

悪い事をした人の、悪いところばかりクローズアップして、その人の、その時の、いろいろな事情なんて、世間は目を向けないもの。人は遠慮せず、言うべきことは言わなければ、いつまでもわかってもらえない。

誠実や、純粋な心は、大人の世界では通用しなかった目、目、目、目。

人は、自分とつながっている人々の数や、つながっている人の価値によって、自分の価値を認識する。そしていつも、自分自身を見つめる目を持たない。

我が身に何が起ころうが、物事を相対的に考えて、過去のキズだって、現在の痛みだって、悩みだって、苦しみだって、迷いですら、どこかにいる誰かの幸せを、それらマイナス因子に照らしてみれば、何でもなくなる。自分をプラス思考にさせるものは、自分より不幸な人々を思って慰められることよりも、自分より幸せな多くの人々を思って、その人たちがこんな自分を見て笑ってる、笑ってる、と心に刻むこと——。

今、幸せな人は、涙もろい。その涙も、心がけがされれば、涸れる。

自分の気に入ってる曲ほど、一人で聴く時よりも、ブラウン管や、街角で流れているのを聴く時の方が、なぜか感動するのは、その自分のお気に入りの曲を聴く、他の人々も、同じように感動していると感情移入する心の、自分勝手な独り歩きのなせる錯覚。

ねむ気とは、たとえ、もしそのまま死んでゆくという夢みたいなことが控えていると言われたって、何もかもどうでもよくなって、人々の生きる情熱でさえも、深く奥へといざなう。

孤独にも、さまざまな種類がある。だれかといっしょにいても感じる孤独、さみしさを伴わない、むしろ喜びに満ちた孤独、絶望を意識する孤独、愛する人と、引き離されて感じる孤独、人工的に追いやられて生じる孤独——。

さまざまな心のキズの中でも、相手が特定される心のキズは、逆に、なかなか消せないものだ。人間は、怒りが分散しているから、正常を保てる。

どこかで見たイヤなやつが、もし知合いだった場合を考えると、空想の中で、似たようなことをしてくる。こう考えると、イヤなやつは、どこの世界でも、いつだって存在するものなのだ。そばにいるか、遠くにいるかで、やることは変わらない。こんな自分だって、誰かにとってはイヤな存在なのだから。

本当の親切とは、相手にいろいろ気をつかって、逆に相手に気をつかわしてしまうものではなく、いかに相手に気をつかわせないようにと考えて、相手のためになることを、そっとする行いであろう。

仕事のデキに完璧を求める思いが、一番じゃまなんだ。いくら完璧に仕上げようとしたって、仕事をする環境や、生活そのものが、完璧からあまりにほど遠い。それに仕事のデキの良し悪しは、そのままストレートには伝わらない。何より、今まで生きてきて、さんざん思い知った答は、ただ一つ「しょせん、この世は、思ってたようなものではなかった」と。かといって、時々、描いてた世界に当てはまるものを見るから、わからなくなる。だけど、そもそもだれ中心に回ってるようなこの世ではないのだから、いごこちのいい人もいれば、生きてるここちのしない人も、出てくるだろう。そういう人に限って、完璧主義が多い。

今、手元にある大切だと思えるものを、傷つけないように大事に大事に扱って、それに一喜一憂してみても、やがては、次に現われる大切なものに見えてしまう何かに席を譲って、もはやガラクタ。はじめからガラクタとわかれば、こんなに疲れもしないのに。悟るまでは、一体あと何年費やせばいい？

人のためを思ってやったことでも、時がたやすく、その人の心の中のわたしを忘れさせてゆくのだから、いつまでも、そのことを思い出し、いい気分に浸るのは、一方通行の、酔っぱらい運転に等しい。

あからさまに、有名になって目立とうとする人を目にすれば、誰もが、気分を害されるのは、誰もが有名になって目立ちたい欲望を、心のどこかに秘めていることの、裏返しに過ぎない。そして、他人の気分を害することお構いなしに、あからさまにその欲望に忠実に生きる人ほど、有名に近づく。有名になりたい欲望を見たら、他人は嫌うと感じてる人ほど、実際はその欲望が人より大きく、それを隠すからいつまでたっても有名になれない。かたくなに生きていれば、近道する連中がカンにさわるもの。実際問題、有名になりたい、という願望ほど、あらゆる人に備わっているものも、他にないだろう。誰だって、ルックスが良かったり、才能に恵まれていたならば、おのずと、その世界へと足を踏み入れたくもなるのだから。そんな中、その願望を持たない人は、日の当たらないところでも、心は平和だ。

情は、しぶとい。愛してなくとも、情が捨てきれないから、人は、いつでも、どこにでも待っている新しい恋に飛び込めず、知らず知らず、喜びを逃がしている。
己を顧みない人は、傷つくことも顧みないから、そのダブルの効果で、異性を手に入れやすい。

先のことを心配している時、人は、今を見失う。心配する心を、今をいかに楽しく生きるかということにはたらかせる人々が、口を揃えてこう言っている。「今、すごく幸せ、今が楽しければ、それでいい」と。先の幸せなんて、いつまでたってもアテにならないのだから、本当に、そういう人々の方が正しい。
いつもそれで失敗してきたから、そのことがよくわかる。

人は、他人には控えめを求めるくせに、自分はハデが好きな生物。

絶食している最中よりも、絶食期間から一口でも物を食べてしまったとたんに、食欲は激しくなるから、不思議だ。

どんなにすぐれた人物でさえも、変化を求められる。世の中のニーズに、自分を無理やり合わせてゆき、何かが違うと感じながらも、それを深く考えないことが、うまく生きるコツとなってゆく。

頭のいい人と悪い人は、お互い軽蔑し合う。若者と大人は、お互いムシし合う。太ってる人とそうでない人、体を売る人と売らない人、さみしがりやと一人で生きてる人、恋人がいる人といない人、ｅｔｃ。この世で対極の関係にあるものは、ほとんどが反発し合うか、無関心か、いずれにせよ、交わることは困難でも、それぞれ固まって、その主張を慰め合って、今日を生きている。その人の特徴が、すなわち、その人にとっての正義なのだから。

人は、他人よりもペットの方が大事なのだから、人間の意味が、分からない。

なんでも出過ぎたら、人は胸焼けを起こしてムカムカするから、ほどほどが一番いい。

悲しみを理解してくれる人を好きになるのではなく、それがわからない、悲しまない心を持った人の、屈託のない笑顔の方が、好きになることもある。

愛してくれない人の方が、安心できることもある。無関心が、何よりいごこちがいいのだから。

一つの愛に捧げる人々と、いくつも愛を安売りして遊ぶ人々も、お互いをあざけ笑っている。「自分たちの方が、よっぽど幸せだ」と。そして一つの愛に捧げてきて、痛い目にあってばかりじゃ、遊ぶ気もくじかれる。

どんなに悪い人でも、憎い人でも、寝ている時の姿を想像すると、あらゆる人間は、悲しい、無力なんだと、何かには逆らえないんだと、そう思うと、人間そのものが、悲しく見える。

己の良さを発揮しなかったり、それをムダにしてる人を見ると、なぜかホッとするこの心理とは。実は、ホッとしているうちは、その人自身も同じように、あるいはそれ以上に、自分の良さを飼い殺ししている段階なのだ。

誰もが、この世に犯罪というものがあることも、それがいつ、どこで起こるかもわからないということも、疑う余地がないというのに、自分は犯罪に巻き込まれないということも、同じように疑わない。そして犯罪に出くわした人を、特殊な目で見てしまう。人間なら、過ちを犯すこともありうるということを、誰もが知っているのに、いざ、それが自分の身に降りかかると、なすすべを知らない。

人は、あこがれたり、好きになったりする人でも、自分でも思ったこともないようなことでたちまち、その人のことが嫌いになったりもする。変わらないものは、この世の中には、どこにもない。

ウサギに負けてしまうカメな人も、多い。

不幸を感じてる人に、自分の恵まれてる部分は見えない。

正しい心は、いつかどこかにあっても、正しい生き方は、どこにもない。人は、出会う人、自分に関わってくる人たちはコントロールできないから、それにいちいち正しい心で応じてみても、相手の心が正しくない限り、うまくはいかなくなってゆく。そもそも、今までの人類の歴史の中で、誰を選んで、誰がこう言えるというのだろう。
「この人物は、正しい生き方をした」と。

こっちが合わないと感じる相手も、こっちのことをあまり好ましく感じていず、そのことを、お互い敏感に察知する。自分に合わない人は、はじめからあらかじめ用意されているかのように、その存在がアピールしている。そういう人たちが、陰で何を言ってたって、もう気づかない、傷つかない。そういう人がいるから、大切な人が、かけがえのないものになるのだから。

幸せとは？

喜びの中で出会った人々と、どん底の中で手を差し伸べてくれた人と、あとになってふり返ってみる時、強く思い出すのは、どちらだろう。自分が輝いている時に近づいて来る人たちは、自分のどん底だったミジメな姿を知らない。そんな時、ふと思い出すのは、あんな自分を相手にしてくれた、一つのまごころの真実——。
だれもが、ひたむきにその人の人生を生きている。そのことさえわからなくは、なりたくない、決して、どんなことがあっても。

幸せになれば、それまでの永遠とも思えた不幸さえ、存在したことすらケロッと忘れるのが、人間というものだ。忘れられるものならば、忘れたい、しかもなるべく早く…。

愛することも、愛されることも、追ったり求めているうちが、本当は一番幸せなのかもしれない。どちらも、その中では疲れを伴うものだから…。

どれだけがんばろうが、人は、身近なものに心うばわれてゆく…。

どん底の生活でも、人は計画を立てる気がまだ起きているうちは、まだ、全然大丈夫なんだ。まだ、やっていけるんだ、まだ、まともな状態なんだ、まだ、やり直せるんだ、決して、手遅れなんかじゃないか？

また、あそこに、ピエロの残酷な笑顔が、油断するたびに、こっちをのぞいている。

自分を苦しめる自分を消すことが、どうしてもできない。それは一生こびりついて、いつ何どきでも、ずうずうしくも現われる。

異常に負けるのなら、ふつうの人で終わる。
寿命をいくらでもあげるから、どうか、サイボーグの心をください。

「ぼんやりとした不安」

ガラスの部屋

——と精神病者の面会

今、わたしは他人の部屋の中にいる。この部屋の主は男性だ。そして彼とわたしは一度も面識がない。もちろん、彼がわたしに話しかける事もない。彼は今、ワープロに向かってキーを叩いている。それをわたしは、ガラス戸越しのわずかな隙間からのぞいている。彼がわたしに気づく気配はない。彼と、わたしの距離はわずかだ。だが、この部屋に来るのは五度目だが、彼に気づかれた事は、一度もない。わたしは今、とても緊張している。いつ、彼に気づかれるか、だが、この緊張感が、わたしはたまらなく好きだ。そしてわたしは今、タバコに火をつける。こういう緊張の中でのタバコは特にうまい。わたしは自分を追い込むのが、くせになってしまった。このタバコの煙が、いつ彼の目にとまるかと思うとゾクゾクする。だが、この煙も、ガラス戸の面積の中におさまって、おそらく、彼には見えないだろう。それに彼は今、ワープロに夢中になっていて、わたしの存在に気づく事もなく、わたしは少し余裕を持ち始めている。だが油断は禁物だ。いつタバコにむせて、せきを出すかも知れない。また、吐き気がして声を出したりしたらアウトだ。だが、ここにかくれて、ただじっとしているより他ないこの状況では、タバコだけが唯一の味方だ。タバコだけが時間の流れを忘れさせてくれる。もう、八本目だ。そろそろイライラしてきた。もう夜中の二時だ。彼は、いつ寝るのだろう。わたしは、そろそろ家に帰りたくなってきた。そもそも彼はワープロに、何を書いているのだろう。今度、彼がいない時に、見てみることにしよう。わたしは、職業柄、好奇心が強いのだ。この強い好奇心が、わたしをこの状況に持っていった最大の理由だ。わたしがなぜ、見知らぬ男性の部屋の中にいるのか、それを今、説明しよう。

わたしには遠い昔から、ある一つの欲望があった。その欲望は年を重ねるごとに、だんだん鮮明になってゆき、大きな形となって、わたしの心を支配するようになっていった。そして最近では、食べていても、寝ていてもその事だけを考えるようになっていった。その欲望とは、他人の生活をのぞいてみたい、わたし以外の人間のプライベートを観察してみたい、というものである。人は、他人と接し、話し、遊んで、あるいは友人、恋人となり、その人の事を知ってゆく。だが人には、友人、恋人にも見せない、見せられない、もう一つの顔がある。それは、自分の部屋の中で、一人きりでいる時の、誰にも見せることのないベールにつつまれた姿だ。その姿は、外に出て、社会に囲まれている時の仮面をいっさい取り外し、その人の本性を、ありのまま、さらけ出している。誰にも見られていない、誰も知るはずがない、その確信から、人は、自分のかくれた本当の姿を、一人きりの部屋の中で見せる。その姿は、とうてい、友人、恋人にも見せられない、話せない、自分だけのものだ。もし、そのかくれた一面を見せたりしたら、目の前から友人、恋人が去ってゆくだろう、禁断の鏡の姿だ。それは、おそらく、みにくい、きたない、無防備な、動物の世界であろう。そこでは男も女も関係ない、むしろ女性の方が、その性質から言って、よりリアルであろう世界だ。人は己の部屋の中では何をしているか、自分以外わからない。とかく言うわたしだって、部屋の中では、とても他人には見せられない生活をしている。わたしの本当の姿を見れば、人はわたしの事を、鬼だとも、病気だとも、人間失格だとも言うであろう。そして、わたしが人間である以上、人間のカテゴリーから外れない以上、他の人間だって、多かれ少なかれ、わたしと似たような性質を持っている事を、わたしは知っている。人は多かれ少なかれ、人には見せられない、くせ、病気、習慣、思想、趣味などを持っているものだ。なぜ、見せられないかというと、それが弱点、負い目となるからだ。負い目を背負って生きてゆくのは誰だって嫌なものだ。部屋の中の姿を、もし上司、商売敵《がたき》などに見られたりしたら、その人はただちに職を失ってしまうだろう。そして、それは結婚しても変わらない。妻にも、夫にも、相手に見せない顔がある。人間は、どこまで行っても分かり合う事はない。だからこそ、よりいっそう相手の事を知りたいと思うわけだ。わたしの欲望も、人間の事をもっと知りたい、分かりたい、そういうところから生まれている。そして、その欲望をかなえるチャンスが、ついに生まれたのだ。今、わたしがかくれているこの部屋は、以前、このわたしが住んでいた場所だ。そして、わたしは一年前、この部屋から引っ越した。その際、大家にカギを返したのだが、わたしが大家に渡したカギは一つだった。わたしが、ここに住んでいた時、預ったカギの数は二つだ。大家がおぼえていなかった事と、わたしの心の中の潜在的な企みが、このポケットの中にある、魔法のカギを生み出したのだ。このカギによって、わたしはこの部屋を自由に出入りできる。実際、前に住んでいたので、部屋の構造も完全に把握している。だから、人がかくれそうな場所、死角になる位置、を頭の中におぼえていた。そして今わたしは、その位置にかくれているわけである。このアパートを出てすぐの所に、コンビニがある。わたしは、彼がコンビニに入る姿を確認して、急いでこの部屋のドアにカギを差し込んだ。もう五度目なので、そこらへんは慣れている。もちろん、クツは持って中へ入った。そして、このガラス戸の奥にひそんで、彼の帰りを待った。その時、夜中の十一時だった。だから今丁度、三時間がたったところだ。その間、彼はコンビニの弁当を食べたり、TVを見たりしていたが、やがてTVを消してワープロを打ち出した。これは、初めて見る彼の一面だった。わたしも職業柄ワープロを使うが、この隙間から見る彼のワープロを打つ指は、おどろくほど、遅い。わたしは今すぐ、この細い四角い空間から出ていって、彼にワープロを教えたい衝動にかられた。なぜなら、早く彼のワープロを終わらせ、彼に早く別室のフトンの上に寝てもらって、そのすきに、早くわたしも自分の家に帰りたいのである。いくら他人のプライベートに関心があるといっても、人が寝ている姿には興味はない。そして、わたしが見たいものは、もっと人間の本質に関わる、もっとドロドロした、目もおおいたくなるような一面である。過去の四度の訪問では、彼はそのような一面を見せた事はなかった。いや、……一度だけ、そういう姿を見た事がある。それは二度目の訪問の時だった。わたしが、寝室のある方の部屋の押入れの中にひそんで彼を見ていると、彼はフトンの上に座って、おもむろに受話器を耳にあて、どこかへ電話をかけた。と思うと、彼は、何もしゃべる事なく、電話を切ったのであった。その行動は、その後、四度繰り返された。わたしは押入れの扉の隙間からそれを見て、背すじがゾクゾクしたのを覚えている。おそらく彼は、誰かに無言電話をかけていたのであろう。それは電話を切った後の、彼の押し殺すようなクックックッという不気味な笑い声から想像された。この時、わたしは、自分の行動に間違いがない事を確信したのだ。おそらく彼には、誰かがその姿を見ていたとは思いもよらないだろう。恨みとは、普段、表には出ない性質のものである。だからこそ、人は無言電話に頼る。気の弱い人間が、面と向かって相手に報復する事ができない時、この方法を思いつくのだ。だが、気の弱い人ほど、無言電話をする事によって、相手がより怖くなり、自分がより卑屈になるのも皮肉な事だ。気の弱い人間は、しょせん、気の強い人間には負ける運命なのである。気の強い人間が一方的に悪い場合でも、むしろ、その悪さが強いのだ。気の弱い人間は、常に失う事の方を考えて、気の強い人間に自分が必死で守ってるものを奪われる心配で、小さく小さくなり、やがて負ける。気の強い人は、元々失うものがなく、また失っても心にこたえないので、心置きなく攻撃することができるのだ。よって、この世に出るものは気の強い人間ばかりで、気の弱い人間は世界の片隅に追いやられる。どれだけがんばったって、気の弱い人間が世に出る事はない。なぜなら、その努力、血、汗、涙、苦悩全て、闇に葬られる宿命なのだ。邪魔され、奪われ、ゴミにされる運命なのだ。人生は不公平である。わたしも今までの人生の中で、それを学んだ。彼が誰に無言電話をかけていたのかは知る由《よし》もないが、わたしはその相手よりもむしろ彼に同情する。彼は、間違いなく気が小さいのだ。そしてわたしは、ますます彼に関心を持ったのである。気の弱い人間が、最後にたどり着くところのものは何か、知りたくなったのである。

そう思い返していた時、突然、彼のキーボードを打つ音が止んだ。わたしは瞬間、息をひそめた。彼がわたしに気づいたのではあるまいか、だが、パチンと電源を切る音と共に、彼の立ち上がって電気を消す姿が目に映った。とすぐに、この部屋を去ってゆく足音が聞こえた。ようやく彼は寝るらしい。今は、丁度夜中の三時、わたしもそろそろ帰る事にしよう。——だがその時、わたしの中に、ある衝動が生まれた。彼が三時間もの間、ワープロに打っていたものは果たして何か、それが知りたい、いや知るべきだ、わたしは静かに電源を入れると、カーソルを動かした。そこには次のような文字が現われた。

『流行は必ずといっていいほど若者から生まれる。それはまるで年をとってから「あの時は若かったから」と言い訳ができるように、あらかじめ用意しておくかのように…。

今、世間ではやっている物も、やがては人々の記憶の中で、苦々しく思い出されるだろう。それはまるで、別れた恋人がとんでもない人間だったと知った時の苦々しさにも似ている。作家の過去に書いた小説への、苦々しさにも似ている…。

人間は一〇〇%誤解して生きるのは、別れた恋人を「わかってくれない」となげく自分自身を誤解しているから。愛されているという「思いこみ」がなければ、人は不安で気がふれて、だまされてでも誰かを愛してるフリをする己へのジレンマのうずで、乗ろうとしても、逆らおうとしても、人間関係の海は、愛憎からのがれられない。いい人は物事を深く考えないから。物事の良い面ばかりを見るから。だから善良な人は幸せだ。気づく事、思い知らされる事が少ないから。答を求めないから。今のままで満足していられるから。ぬるま湯に慣れているから。卑屈な人、ねじれた性質の人ほど、流行には逆らうものだ。流行に乗る事を無意味だと知っている。そして流行に乗ろうとしても、逆らおうとしても、どの道、ますます卑屈になるように出来ている。そういう人は、すぐものごとのウラを見て取るクセがある。だから、幸せのウラの不幸を見るから、容易に幸せを感じない。人間は、あまり求めなければ、それほど不幸にはならない生物だ。それが分かっていても感情はウソをつかず、ひしひしと不幸を感じてくる。そして自分がこの世で一番不幸だと思い込む。卑屈な人、ねじれた人間は、他人の活躍をねたみ、その人のかくれた努力、苦労、挫折、不幸を知る事を知らない。そして、その人が落ちる事だけを望むようになる。不幸な人ほど他人の不幸が何より元気の素だ。他人にケチをつけるだけで自分は何もしない、そういうヒマ人は、文句をつける事自体が生きがいとなり、努力もしないで、苦労した人間をおとしめる事だけが得意なものだ。苦労した人ほど、他人の苦労も見えるから、そういう事はしない。そして優れた人間ほど、自分の苦労を人に見せたり、ひけらかしたりせず、また、ねたみ、ののしり、邪魔する人間を相手にしない。偉大な人ほど、邪魔を邪魔と思わないものだ。そういう人にとって障害は、より自分を高める物として存在する。だが、優れた偉大な人や物は、なかなか凡人には認められにくい。凡人は、自分の理解を超えるもの、自分の生活に関わらないものは、その価値を知るすべを知らないからだ。また、知る必要もないのだから。自分が心から思い知ってから、はじめてその価値が分かる時もある。だが分かった頃はすでに時遅く、偉大な人物は、すでにあの世に去っている場合が多い。偉大な人物ほど、そのなすところのものが、この世の平民の摂理に逆行し、時代の流れを侵すので、行いが時の歯車を超え先走りし、生命がそれについてゆけず、早死にするものだ。だから、偉大な人ほど平和の中でも生命の危機を感じ、背中を常に追い立てる何かを感じて、心は休まらない。そして死だけが、やがて、その人物の最後の救いとなるのだろう。この世のあらゆる物事に、そういう人は、だんだん関心がなくなってゆくのだから。だから偉大な人は、流行とは無関係な存在なのだ。

感受性が強い人は、傷つく事が多い。だがそういう人は心の振幅が広いので、他の人より深く感動したり、心の底から誰かを愛することができる。傷つく事が多いが、その喜びは、はかり知れない。そういう人が心から、喜べる日は近い。

どんなに歌のうまい有名歌手でも、料理ではシェフに勝てない。どんなにすばらしい映画を創る人も、家を建てる事は、大工に負ける。たとえ、どんなに大きな栄光をつかんだ人も、普通の仕事では、そこらへんのバイト学生にはかなわない。ある所では優れている人も、ある所では無力だ。偉い人も、別の場所では何の役にも立たない自分を発見するだろう。世の中が平和でなければ、地位も名誉も意味をなさない。もし戦争が起こってしまったら、全ての人が横一線に並べられ、そこでは著名人も一般人も変わらない。むしろ、それまで好きだった著名人を足げにして、逃げる人々の姿が目に浮かぶようだ。ぼくはそこにたまらなく人間の無力さを感じる。また自分を知ってる人、出会う人、好きになってくれる人にも限りがある。どんなにすばらしい人でも、誰かが「あの人、きらい」と言えば、それまでだ。全てはその人の感覚で、見える人は見えるし、見えない人は目に入らない。これらの事を考えると、人間の一生はなんて悲しいものなのだろう。

今、世に出てるもの、有名なものは、元々、遠い昔から人々の頭の中に焼きつけられてるかのようだ。それはノスタルジーに似ている。有名な人は有名になるべくして生まれてくる。ぼくはそこに運命というものを見る。やはり運命というものは存在するのだろう。また、デジャヴを見るたび運命を感じる。周りの人が嫌な人ばかりでも、運命と思えば、諦めるしかない。だが、あの人は、あまりにもぼくには巨大だ。ぼくは勝てるだろうか。もし、あの人が他の人だったら、ぼくの人生も変わっただろう。いや、どうにもならない事は運命なのだ。ぼくの知らない所で起きてる事も運命だ。目に見えない所の事まで心配してもしょうがない。だが…ぼくはここまで運命にいたぶられ、黙って生きてゆくしかないのだろうか。ぼくに、もっと力があれば…だが、その力も運命があらかじめ用意した分が決まっているとしたら…。

この不安は、なんだろう。一体、どこからくるのだろう。今にも死にそうだ。この不安は、ぼくだけのものなのだろうか。ぼくの全てを奪い取り、生命までも持ってゆこうとする何かが、目の前に控えているようだ。そう、すぐそこのガラス戸越しに…。

悲しみは、あらかじめ用意されてるかのように、ぼくの行き先に待ち構えている。ぼくには、それが分かる。だが、分かっていても悲しいのだ。不幸な人は、悲しみに免疫ができると思ったら間違いだ。不幸な人は、何か不幸が起きると、そのたびに、そこに恐い巨大な、逃れられないものを見て、ますます悲しくなるのだ。そういう人にとって幸せは、ただ壊されるものでしかない。時には自分の手で、壊してしまう事も…。

たとえどんなに、すばらしい才能を持って生まれても、生活の才能がなければ、無意味である。ぼくの生活する才能は、主婦や子供にも劣る。ぼくは生きるのがヘタなんだ。そして世間知らずだ。だが、世間知らずが、それほど罪なのか。ぼくにもう少し、生活の才能さえあったら、ぼくはこれほど悩み苦しむ事もなかっただろう。近くのコンビニへ行くのにも、ぼくは人の倍神経を使う。何かヘマをやらないよう、誰かに何かをされないよう、常に緊張して、くたくたになってしまう。部屋に帰る頃には、また一つ新しい悩みを抱えてる自分がいる。こんな生活をしていたら、いつか頭がおかしくなるだろう。もはや、命との競走だ。だが、生活は、今日も明日もあいも変わらない姿で、ぼくを笑っている。繰り返しの日々が待っている。ぼくはそこにカエルの目を見る。あの無感動なカエルの目を…。

孤独、孤独、孤独、ぼくの心が常に不安なのも、ぼくが一人ぼっちだからだろうか。ぼくが死んでも涙を流す人は一人もいない。だが、その人が亡くなって涙を流すだろう相手がいない、そっちの方が、考えてみたら恐いのだから、心から愛せる誰かが存在してほしい。そうすれば、その人を光として、この暗い闇の中を、まっすぐ前へ進んでゆけるかも知れない。だが、その時は、その人を失う不安が、また常にぼくの心を占めるであろう。人を愛せば愛すほど、その人が急にいなくなるような思いに苦しめられる、一体、心の平和はどこにいけばあるのか。だが、その切ない思いをする事が、生きている、ということなのだろう。その思いを味わわずに死ぬよりは、苦しくても誰かを愛したい。

ぼくが他人をおそれているように、他人もぼくをおそれているかも知れない。だから、そんなに恐がる必要はないはずだ。だが、ぼくには何かが欠けている。誰もが持っているものを、ぼくは持っていない。だが、ぼくだけが持ってるものも、きっと一つはあるはず……。

今、生きてる人も、百年後には、もうこの世にはいない。そしてその後の地球を見る事も出来ない。その後の地球上の、楽しそうな人々も、美しい光景も、感動する出来事も、緑も、水も、太陽も、もはや見る事は出来ない。死んだ後の、有名人も、流行も、気になる人のその後も、誰が誰と結婚しただの、などは永遠に知る事がない。百年後には、どんな新しい歌手がTVに映っているのか、とてつもないCGを使った映画を見る人々の笑顔はどんなか、またどんなプロ野球選手が活躍しているか、それは見る事が出来ないから、夢の未来だ。ぼくは、それらに、あこがれる。天国にTVがあったら、思う存分見てみたい。未来の人々はどんなだろう。きっとそこに、ぼくの愛する人の姿も存在するのだろう。まさしく遠いあこがれだ。その人は元気に未来を生きてるだろう。いつの日か私たちの若い頃は、〇〇や〇〇をよく聴いたわ、という時代が来るのだろう。

そうだ！　ペットだ、ペットを飼おう。ペットを飼えば、ぼくの人生の暗い影も、少しは薄れるかも知れない。ぼくは今まで、あまりにもかたくなに、自分の運命を受け入れ過ぎた。これがぼくの運命だと、ため息をついて諦めてきた。それがいけなかったんだ。ここらで少しアクションを起こすべきだ。幸せに身をゆだねる事は、こわい事ではないはずだ。ぼくは今まで、わずかなお金を惜しんで、大きなものを失くしてきた。お金をしぶって遠回りばかりした。人生において近道をするためにお金は存在する。明日、ペットショップに行こう。しあわせは自分から行動を起こさない限り、やって来ない。誰もが幸せを求めて生きているから、この世は厳しいのだ。ぼくが心に描いてる世界は、本当は、この世にはなかったんだ。ようやく、その事に気づいた。人間は、痛い目や裏切りにあってだんだん正しくなってゆく。苦悩を知らない人間はバカだ。思い知らされる事が多いのは、それだけ世の中を知った、という事だ。痛かった分、賢くならなくては。ぼくが思い描いてる世界は、はじめからこの世にはないのだから、アテがはずれたって、いちいち悲しむ事はない。これからはペットと共に、この悲しい世界で、できるだけ一つ一つ、その時その時の小さくてもいいから、リアルな喜びを見つけてゆこう…。』

ここまで一気に読んだわたしの胸は、深いおどろきと感動でいっぱいであった。彼が、日頃このような事を考えていたとは。わたしは、わたしのターゲットのかくれた一面を垣間見て、予想以上の収穫を得たと思わずにはいられなかった。恍惚とした気分で一服していると、寝室の方から物音がした。わたしは、あわててワープロのスイッチを消すと、タバコを携帯の灰皿に押し付け、またガラス戸の奥に身をかくした。音から分かるが、彼は今、おフロにお湯をためてるらしい。しばらくじっとしていると、どこかの戸をあける音がして、その後、フロ場の聞き慣れた、ドアを閉める音がした。わたしは前にここに住んでいたので、彼がフロに入った事は、ここからでも分かる。もう安心だ。帰る事にしよう。しかし、寝ていると思ってたのに、彼は今まで起きていたのか。だが気づかれた心配はない。わたしはそおっと、フロ場を横目に通った。その時、フロ場に電気がついてなかった。

もしや…彼がわたしの存在に気づいていて、フロに入るフリをして、わたしの出てくるところを見つけようとしたのでは…だが、フロ場の中から音がする。思い過ごしであった。ホッとしながら手に持ったクツをはいて静かに玄関のドアにカギをかけ、暗い夜道をトボトボと帰った。

わたしの六度目の訪問は、それから約一ヶ月後であった。今度はじっくり彼の部屋を調べたい、そう思って彼のアパートの前で機会をうかがっていたが、わたしが行った時には、彼のアパートから出てくる姿を一度も見なかった。彼は一体、どんな仕事をしているのか、そもそも仕事をしているのか、わたしは疑問に思った。そんなある日、いつものようにアパートの前の電信柱によりそってタバコを吸っていると、彼がアパートの玄関から姿を現わした。わたしは待ち合わせに遅れて、やっと来た恋人に会うような気持ちだった。そして、おどろいた。彼の頭が茶髪だったからである。しかも変にまだらな茶髪であった。彼が髪を染めるとは意外だった。わたしは少し失望しながらも彼のあとを尾《つ》けた。コンビニに行くのだったら今日はあきらめよう、だが彼は、まっすぐ駅の方へ歩いていった。どうやら彼は遠出するみたいだ。彼が改札を通るのを見届けてから、急いで彼のアパートへと向かった。

彼の部屋に入ると、わたしはさっそく、中を調べた。入るとすぐの所に寝室があるのだが、見渡すと何か不自然な感じを受けた。何かがない。それはマクラだった。彼はマクラをしないのか、そういぶかってなおもよく見てみると、敷きブトンの一部がこんもりと盛り上がっている。そこをひっくり返してみたら、マクラが出てきた。彼はなぜ、このようにフトンの下にマクラをかくしているのか。不思議に思いながらも、足元を見ると、二冊の本が置いてあった。一つはゲーテの『若きウェルテルの悩み』、もう一つはショーペンハウアーの『幸福について』だった。続いてキッチンを調べた。やかんがコンロにのせてある。それ以外は調理道具はいっさいなかった。冷蔵庫を開けてみると、缶ジュースが三つあるだけだった。だが、中に何か白いものがある。それを手に取って見ると、一枚の名刺であった。表にハナと書いてあり、裏には「今日は本当にありがとうございました、またあそびにきて下さいネ」と書かれてある。どこかの店の女だろう、だがなぜ、これが冷蔵庫の中にあるのか。次にわたしは隅に置いてあるゴミ袋の中を調べた。そしておどろいた。宅配ピザのケースばかりなのである。わたしがなぜ彼の姿を見る事がなかったか、これで分かった。これなら外へ出なくても食事ができる。だが、歩いて一分もかからない所にコンビニがあるというのに。わたしは彼のワープロに書かれていた文字を思い出した。ピザの箱にかくれて、市販の毛染めのブリーチの空箱《あきばこ》があった。どうやら彼は自分で髪を染めたらしい。だから、あんなにまだらだったのだ。次に、フロ場を見てみた。以前来た時に、彼が電気をつけずにフロに入っていたことが気になったからだ。スイッチを押してみると、電気がつかない。これで分かった。彼はそこまで異常ではないのだ、だがなぜ、電球を買って新しく取りつけないのか。あれから一ヶ月もたつというのに。そう思いながらフロ場をのぞいていたら、ここでも不自然さを感じた。あるべき物がない。そう、シャンプーとリンスだ。その時、背後に何かの気配を感じた。ふりむいてみると、一匹の猫が、こちらを見ている。おどろいたが、そう言えばワープロに書いてあったな、と思い出して、無視して次の部屋へと向かった。そこは例のガラス戸のある部屋である。まず目に飛び込んできたのは、カベに画鋲でとめてある一枚の紙であった。その紙には、

負けてたまるか

無敵になれ

怪物になれ

と太字で書かれてあった。机の中を調べていると、二つ手紙が出てきた。一つを見ると、

「信ちゃん、あらゆる人に感謝の気持ちを忘れないでください。だって人間は一人では、生きてゆけないのだから。　ばばより」

と書かれてあった。もう一つには、

「お兄ちゃんへ、お手紙どうもありがとう。読んでいて、とても胸が苦しくなりました。私は今のお兄ちゃんの生活がどんなものか分かりませんが、いつもお兄ちゃんの幸せを祈っています。お父さんやお母さんも、きっと天国で祈っていると思います。

お兄ちゃん、お金がなくて困っているのは分かりました。でも私もそんなにお金は持っていないし、三十万など、とても払えません。お金の管理は、おばさんのもとでやっているので、私の力はとても小さいんです。ほんの一部ですが、送ります。でも私ができるのは、これくらいです。ムダだろうけど、あとはおばさんに頼んでみて下さい。おばさんだって鬼じゃないだろうから。そんなに、おばさんをこわがる事はないよ。そりゃあ、私だって、あの時の事は忘れられないけど、いつまでも思っていても仕方ないし。お母さんのかたきはいつか討ちたいとは思うけど、私たちの力ではどうしようもないよ。お兄ちゃんも憎いだろうけど、憎んでるばかりじゃ勝てないよ。心のキズは消えないけど、一生憎んだまま死んでしまうのも、つまらないでしょう。運が悪かったと、割り切るしかないよ。

ところで、体はどこが病気なの？　仕事とは一体何なのか、聞きたい事はいっぱいあるけれど、お兄ちゃんが言いたくないなら、それでいいです。でも体を大切に、自分を大切にしてね。東京というところで、不自由な事も多いと思うけれど、がんばって生きていって下さい。

ちなみに私は、もう二十一歳です。来年、国家試験に受かったら、看護婦になります。なれるよう、がんばるね。

どうぞ、体を大切に。生きていれば、きっといい事はあるとおもうよ。私は、お兄ちゃんが幸せでいることを本当にいつもいつも祈っています。元気になって、自分を大切にして生きていってね。愛されていることを忘れないでね。また手紙、書きます。

LOVEわか子」

と書かれてあった。この二つの手紙で、彼の事が、断片であるが、よりよく分かった。どうやら彼は、特別な境遇の中を生きてきたみたいだ。彼は過去に何らかの事件で親を失くしている。何だろう、それが知りたい、と思って引き出しを次に開けてみたら、何と、そこにシャンプーとリンスがあった。机の中にシャンプー？　わからない。…待てよ、彼は、部屋に誰か入った場合、いじられないよう、見つからないよう、自分の大切な物をかくしているのではないか。そうとすると、私の存在にもうとっくに気づいているのでは。そうなのか？　それが知りたい、そうだ、ワープロだ。ワープロを見てみれば分かるかも。わたしは急いでワープロのスイッチを入れた。次のような文章が目に映ってきた。

『恨みとは、期待から生まれるものだ。相手に期待するから、アテがはずれた時、相手を恨むのだ。理想通りの人など、この世に存在しないし、理想通りには、この世はいかないのだ。はじめから期待しなければ、恨むこともない。それに、人を恨むと、相手も自分を恨んでいるように錯覚してしまう。そして何もかも、その人に結びつけて考えてしまう。何でも、人のせいにしていてはダメだ。自分の失敗は自分の責任だ。ぼくは今まで、あの人から受けたキズを思って失敗してきた。一時たりとも忘れたことはない。ちょっといい事がありそうな時、自分の人生がうまくいきそうな時ほど強く、あの人の仕打ちを思い出し、うまくいかなかった。あの人への恨みは消えないけど、一生恨んだまま死ぬのもつまらない。運が悪かったと、割り切ることにしよう。

よく歌の歌詞に「君を守りたい」とか「あなたを守るため生まれた」とかある。また、男は女にプロポーズする時、「一生守る」とよく言う。やはり人生は、守らなければいけないほど、危険や困難に満ちてるのだろうか。「守る」というからには、攻めるものがこの世に存在するのだろう。やはり、誰にでも敵はいるのだろう。時には親友さえも、敵になりうる。人の心は変わりやすいものだ。ぼくは今まで、心変わりして、ぼくから去ってゆく人たちをたくさん見てきた。そんな時、ぼくは、あの人の影を見る。だが、君だけは失いたくない。君だけは、あの人の影響を受けないと信じている。いつか、あの人の魔の手が、ぼくたちを引き裂こうと忍び寄る時でも…。

ハナちゃん、ぼくは君を守る。君を知ってからというもの、君を知らなかった今までがまるでウソのようだ。君は言ってくれたね、いつまでもいっしょだと。その言葉を何度もかみしめているよ。君は、ぼくの手にキスをした。あれから手は洗っていないよ。ああ、君を失う怖さ、会えなくなる日の怖さがぼくの胸をしめつける。ぼくは君に会うために、今まで遠回りしてきたような気がする。君に出会えたから、今までの事も、出会うためのプロセスだったような気がする。過去は決してムダじゃない。幸せだったとしても、違う人生だったら、君にめぐり会えなかったのだから…。

人間の性質から言って、不幸ばかりではない。いい事がある時には必ず何か悪い事が起きる、これが、ぼくの今まで生きてきて学んだセオリーだが、その逆もありうる事を知った。大切なのは、不幸を不幸と思わない強い心だ。誰だって何かしら苦労して生きている事を忘れないことだ。なぜだろう、幸せだと落ち着かない。自分が幸せな時ほど、罪を感じる。今にも神様がおりてきて、ぼくの命をさらってゆきそうだ…。

幸せな人間には、上には上がいる。だからこんなちっぽけな幸せにおびえる事はない。それに、この幸せは、もう誰もがとっくに味わっているもので、ぼくは、遅すぎたのだ。幸せには、人に感じる事のできる上限があって、どんなに手に余るほど幸せを手につかんでるかのように見える人でも、感覚がマヒして、本人はそれほど幸せを感じていないものだ。だから、有名人の幸せも、一般人の幸せも大差ないのだ。だから、他人の幸せをねたむ必要はない。幸せは、他人の目では測れない。自分が幸せだと思えば、どんなに不幸に見えても、その人は幸せなのだ。

ぼくがハナちゃんを愛すのも、自分を愛しているからだろうか。誰かを愛する事は、つきつめれば、自分を愛しているに過ぎないのだ。自分だから、相手は惚れたんだ、自分だから、相手は好意を持って接してくれるんだ、自分じゃなかったら、相手はこうはしないだろう、ああ、自分がかわいい、という思いを無意識にせよ、人は心のどこかに持つものだ。だから、誰かを愛する事も、自己愛だ、エゴイズムだ。相手の言いなりになっているのも、それは相手に嫌われたくない、相手の心を自分にとどめておきたいと思うエゴイズムだ。人間は、どこまでいっても自己愛の塊だ。その点、家族の愛は純粋である。ぼくの家族は…。

ぼくの母の人生と、女優吉川馬子の人生の対比…。

いい出会いがあった後の虚しさは、なんだろう。好きな人に出会った後の虚しさ、クリスマスの後の虚しさ、大学の盛り上がった飲み会で親交を交わした後の虚しさ、別れの悲しみとも違う。いつも、何かが違う思いをする。きっと、人に生活がある限り、この思いは消えないのだろう。ぼくには、人と心から交われない何かがある。きっと、今は笑っているけど、この人にも自分の生活があって、この人にとって、ぼくは何でもない、そういう思いが、心を凍りつかせるのだ。そして、たどり着くところはいつも、自分は一体何なんだろう、人はなぜ生きるのか、という疑問だ。他人からすれば、ぼくの苦しみ、悩み、不幸、運命も、全く意味がないのだ。ぼくがどう苦しみ、いつ死のうが、他人には関係ないのだ。だから、悩みは今日で終わりにしよう。

ぼくは人が、ぼくの事に良い印象を抱くほど不安になる。相手が、いつ急変するかと、その時ばかりを怖れる。ぼくは、何でもないカラッポなんだ。ぼくが悲しむのは、相手の中に、そんなカラッポの自分を見るからだ。そして心変わりした相手に、あの人の魔の手の跡を見て、逃れられない運命に悲しくなるのだ。どうか、ハナちゃんが次に会う時に心変わりしてませんように…。』

ここまで読んだ時、向こうからドアの開く音がした。彼が帰ってきたのだ。わたしはワープロの電源を切ると、ガラス戸の方へ向かった。その時、何かを踏んづけた。かくれていると、彼の、

「ミーチカ、どこだ、帰って来たよ」

という声が聞こえてきた。わたしは息をひそめた。すると、あろうことか、猫がわたしの元へやって来た。

「しっしっ」

わたしは、猫を追い払おうと焦った。だが猫は、わたしに近づき、離れない。その時、わたしは気づいた。さっき、踏んづけた物は、キャットフードだったという事を。あわてて、わたしは靴下を脱いだ。そしてポケットにしまい込んだ。

「ミーチカ、どこにいるんだ。出ておいで」

彼がこっちの部屋に来た。わたしの心臓の音は速くなった。猫よ、早く、ここから出るんだ！

「ミーチカ、ここにいたんだね。さあ、むしゃぶりつかせておくれ、かわいいミーチカ」

間一髪だった。猫が彼の元へ行ったのである。もし、彼が、ここをのぞき込んだら、おしまいだった。命拾いしたわたしは、まだ油断できなかった。彼が猫とたわむれているのが、ガラス戸越しに分かった。わたしは、おもむろにポケットの中のタバコをさぐった。だが、ない！　タバコがない！　まさか、落としたのか、この部屋に来るまでは確かにあった。とすると…部屋の中のどこかに落としたんだ。わたしは自分を心の中でののしった。ヘマをやった、彼がタバコに気づいたらアウトだ、まるで、カンニングがばれないか不安な学生の思いであった。彼は依然、わずかな距離のところで、猫にイチャついている。早くタバコを見つけなければ、だが今出てゆくわけには行かない、このジレンマにさいなまれている時、

「ミーチカ、待ってて、トイレへ行ってくるから」

と声がした。今だ、今しかない！　トイレのドアが閉まる音と共に、わたしはガラス戸を飛び出した。その時、足の裏にチクリと痛みが走った。かまわず、トイレの脇をそっと歩いて、寝室にたどり着いた。この時、思ったより冷静だったのは不思議である。フトンの上に落ちてるタバコを見つけるのと、彼のトイレの水を流す音が同時だった。わたしは、その場で静止した。いちかばちかの賭けだ、トイレのドアの開く音の次に、向こうの部屋に戻る彼の足音を聞くと、ホッとしてゆっくりとドアを開け、外に出た。静かにカギをか

けると、次の瞬間、足に激痛が走った。見てみると、足の裏に画鋲が刺さっていた。人間、極度の緊張状態では、痛みすら感じないんだな、と思って画鋲を抜いている時、ハッとした。血…

「畳の上に血の跡が、ついたはず…」

わたしはしばらく、その場を動けなかった。

わたしの七度目の訪問は、それからまた一ヶ月後であった。そしてこれが最後の訪問となったのである。わたしはもう、あの部屋へ行かないつもりであった。だが強い何かが、わたしの足をまた、彼のアパートへと向かわせたのである。そして彼の姿を見たわたしは、言葉を失った。彼はでっぷりと太り、頭は丸坊主であった。彼に何があったのだろう、早くそれを知りたい、わたしは彼がどこへ向かうかも確認しないまま、部屋の前まで行ってドアにカギを差し込んだ。中に入って、おどろいた。メチャクチャに散らかって足の踏み場もないほどだったのである。そして、気づいた事がある。猫が、いないのである。猫はどうしたんだろう。そう思いながら、奥の部屋へ行って、ワープロの前に座り、はやる気持ちを抑えながら電源を入れた。

『今日、牛丼屋によって、牛丼を食べていたら、むせて、口からゴハン粒を出して、それが前の人の牛丼の中に入った。その人は、その後、ハシを動かす事なく、牛丼を残して店を出て行った。また、ぼくを恨む人が一人増えた。こんな所にも危険が潜んでいるとは。その人は、その後、ぼくを尾けなかっただろうか。悲しみは、いつ何どきでも、ぼくを待ち構え、笑っている…。

今日も眠れない。隣の部屋の住人が大きな音で深夜、音楽を鳴らすから。ぼくは、また恨みに思われるのを怖れて、イヤホンで聴いているのに。この差は何だろう。それは、こうだ。彼には失う物がなく、ぼくには失う物があるからだ。だが…ぼくにこれ以上、失う物は果して本当にあるのだろうか。この期に及んで、まだこの世にないものを夢見ているのか。もういいかげん蜃気楼だと気づいてもいいのに。苦情を言おうにも、今のぼくの姿では、逆になめられ、もっと大きな音を出すに決まっている。ぼくの人生は、弱っている時に限って、追い討ちをかけられる宿命のようだ。同じ人が、ぼくの引っ越す先の隣の部屋をねらって、移り住んでるように思えてくる。あの人の命令で…。それに、隣の音は、ぼくがフトンに入ると同時に聴こえてくる。まるで、ぼくの動きを見ているかのように…。

ぼくが暗い音楽を聴くのは、心がなぐさめられるからだ。だが、それも、自分より不幸な事で安心するエゴだった。そして今まで、何百回と聴いたのは、全くのムダだと気づいた。なぜなら、悲しくなければ聴く必要もなかったからだ。悲しい思いをして、なおも時間をムダにしてたんだ。悲しむ事も無意味なら、音楽を聴いて費やした時間も無意味だったんだ。だが、いまさら時間など…。

悲しみが多いほど、やさしくなれる、とはウソだ。ぼくは悲しみの果てに、やさしさを持たない怪物になった…。

TVで、自転車に乗れない人たちが集まって、乗れるよう訓練する番組を見た。そこでは乗れるようになった人が、帰ってもいいと言われたのに、乗れない人を応援し、励ます姿が映っていた。ぼくはそこに、やさしさよりも、優越感と、冷笑を見た。

部屋に、隠しカメラや、盗聴器がしかけられている気がする。誰かが、ぼくのシャンプーの隠し場所をカメラで見ていなければ、ぼくの髪は、こんなザマにはならなかったはずだ。誰かが、盗聴器で、ぼくがハナちゃんの名を口にするのを聴いてなかったら、ぼくとハナちゃんの仲が裂かれる事もなかったはずだ。あの人だ、あの人が、全て仕組んで、ぼくの行動を監視して、ぼくの幸せを先回りして全部ふさいでいるんだ。ぼくの何もかもを奪うつもりなんだ、そう、ぼくの親を奪ったように…。

ぼくがいじめられるのも、それは、ぼくがぼくだからなのか。もし、違った顔で、違った性格だったら、いじめられなかったのか。だが、そしたらぼくは他人になってしまう。今、感動する物事も、感動しなくなる。だが、このままでは…。今から他人に生まれ変わる方法は…ただ一つ…。

自分が自分を一番、苦しめる。全部、ぼくの妄想なのだ。今までの悲しみ、苦しみ、不幸、全部妄想だ、すべて夢だ、幻だ、ウソだ、消えてなくなれ、自分をなくせ！　そして、無敵になれ！　こわいものなどない…。

こわい、こわいよう…。畳の上に血がついていた。ぼくの血ではない。それとも知らぬ間に血が出たとでもいうのか…。ぼくは、神様の罰をそこに見た。やはり、ぼくは呪われている。何かが、すぐそこに近づいてるようだ、もうすでに、この部屋の中に…。』

文字はここで終わっていた。わたしは、この部屋に来た事を、あらためて良かったと思わずにはいられなかった。こうなったら、彼の行き着く先、たどり着くところをどうしても、この目で見てみたい、そう思っていると、彼が帰ってきた。わたしはワープロのスイッチを消して、いつものようにガラス戸の奥に行った。彼は無言のまま、この部屋にやって来ると、ワープロの前に座り、何か考え込んでいる様子であった。ガラス戸の隙間から見える彼の姿は、坊主頭で目をつむって、まるで悟りを開いた修行僧のようであった。それに見とれていると、彼はいきなり目を開き、何か意味不明な言葉を発すると、立ち上がり、こちらにやって来た！　そして彼と、目と目が合った。彼は無言のまま、しばらくわたしを見ていた。だが、やがて、その場を離れ、足音と共に、ドアの外へ行ってしまった。これが、わたしの見た彼の最後の姿である。わたしは、もう二度と、その部屋には行かなかったのである。

「妄想だと思っていた事が、本当だった。ぼくの全てが壊れた。そうと分かったら、ぼくの今までの人生の全てを否定しなければならない。もう、疲れた。考える事は、もうやめよう。それに生きてる人は皆、何かに操られ、支配される事から逃げられないのだから。ぼくの人生も人と何ら変わりはなかった。母のもとへ…さよなら…」

二重映しの告白

「鏡を見て、おどろいた。そこには全く別人の顔が、映っていたのである。」

これからお見せするのは、ある一人の人間の手記である。みなさんは、そこにその男の少年時代から、殺人事件、そしてアッとおどろく結末までの奇妙な人生を、垣間見ることになるであろう。この手記は異常に満ちている。そして最後の結末には、言葉を失った。このような人生を体験した者が、果して生きてゆけるのか、僕は疑問に思う。前置きはこれぐらいにしておいて、この不思議な手記を、さっそく紹介する事にしよう。

『わたしの父が死んだのは、わたしが四歳の時だった。わたしはいまだに、父が何の病気で死んだのか知らない。それは一つには、わたしがまだ幼かったこと、一つには周りの人がわたしに言わなかったこと、一つには、わたしが父に興味がなかったこと、そして最後に、わたしはそれを聞くのが恐かったからだ。父が亡くなったのは、家に親戚が遊びに来ていたある晩だった。わたしは幼な心に、この親戚たちが恐かった。父は、夕食が終わり、別室で親戚たちと何かの話をしていた時、息をひきとった。離れで、その知らせを聞いたわたしは、真っ先に、父の飲物を連想した事をおぼえている。もう一つ、おぼえているのは、葬式の後、みんなで集まって食事をしていた時の親戚たちの笑い声だ。それはとても大きな声で、わたしの耳に残っている。そして、その笑い声を、悲しそうに見ていた祖母の羊のような目が、忘れられない。祖母は長男だった父を、溺愛していた。その愛は、その後、異常な炎となって、わたしに移った。祖母の過剰な愛情は、私をブクブク甘やかせ、その後のわたしをワガママな悪魔のかたまりにした原因となった。

父の事でおぼえているのは、よく父が、部屋の中で、わたしの両足を持って、わたしを空中でグルグル回した事だ。なぜ父が、そのような事をしたのかは分からない。ただ、わたしを回している時の父の顔は、残酷に笑っていたような気がする。そしてもう一つおぼえている事は、わたしの両親はスーパーを経営していて、裏に倉庫があったのだが、わたしが泣いたりすると、よく父がその倉庫の中にわたしを閉じ込めた事だ。倉庫の中の暗さと冷たさが、そのままわたしの父への記憶となって固まっている。だから、わたしは、父が死んでもちっとも悲しくなかったし、父の事を思ったことは、その後も一度もない。悲しいのは、父の死が、後々のわたしの人生や精神に知らず知らず暗い影を落としていた事なのであった。少なくとも父が生きていたならば、その後のあの出来事、あの衝撃、あの戦慄を覚える事も、おそらくなかったであろう。

父の死後、スーパーを続ける事がむずかしくなったので、祖父と祖母が、その後、花屋を始め、母は、ある会社にパートで働くようになった。わたしは母が、どんな仕事をしていたのかも知らない。母は、自分の仕事をわたしに話した事は一度もなかった。それどころか、母はだんだん、わたしへの言葉を失《な》くしていったのである。母はとても気が弱い人だ。父の死は、母にも暗い影を投げかけ、あまりにも、もろく弱くしたのであった。おそらく、その人生の悲しみは、計り知れない。

母の気の弱さは、そのまま、わたしの気の弱さだった。そういう点では、わたしと母は似ている。ただ、違う点は、わたしには、その反動の凶暴性が、内に秘められていた点である。その二つの性質は、わたしが幼稚園に通っているころからすでに現われていた。幼稚園時代、わたしはよく同じ組の子からチョコレートをおどし取られた。気の弱いわたしは、子供ながら、そいつの存在が脅威だった。一方、それが原因で、幼稚園に通うのがおっくうになったわたしは、家族にダダをこね、あげくの果てには、迎えのバスの前に座りこんで、バスを動けなくした。こういうわたしの凶暴性は、この後も、いじめられるたび、その反動で強くなってゆくのである。

小学生時代、母は仕事と家事で忙しく、わたしは祖母の甘やかしの中で育った。こんな事があった。同じクラスのガキ大将が、わたしの手に入れた貴重なお菓子のおまけのオモチャを、自分の変なオモチャと交換しろ、と言ってきた。それも、家に持って来い、と言う。そいつの家は、遠い所にあった。一人で行くのが恐かったわたしは、祖母を従え、いっしょにそいつの家へ向かった。祖母は、ただ「ハイハイ」と言って、長い道のりをただひたすら、わたしの後について来た。何の目的で、どこへ行くのかもわからないままである。そして帰り道、大切なオモチャが、変なオモチャに変わって、くやしかったわたしは、祖母にあたった。責められても祖母は、「ハイハイ」と言うだけなのであった。祖母とは、どこへ行くのにもいっしょだった。フロにも二人で入った。わたしは今でも、祖母のたれた、大きな二つの乳房をおぼえている。それは強いやさしさの象徴として、今では思い出される。

その一方で、母の愛情に飢えていたわたしは、母にひたすらワガママを言う事で、そのさみしさを埋めていた。母の作る料理にも、事あるごとに文句をつけた。思いあまった母は、わたしを病院へ連れていった。そこが精神病院だと後で知ったわたしは、母にひどく怒った。母は、わたしに高級なスシを食べさせ、今まで一度も食べた事のない味にわたしその友達も入ってている、というので、無い金を出して、わたしをボーイスカウトに入れた。父がいない事で、わたしを叱る者がいない現状から、そういう所に頼るしか、母には方法がなかったのだ。だが、わたしの心は、ボーイスカウトのさまざまな楽しそうな行事でも、まぎれることはなかった。それどころか、年下の奴が、わたしの名前をからかってギャグにして、わたしをバカにした。家の中では強いが、いったん外に出たら弱くなるわたしは、そいつに言われるまま、がまんしていた。だが凶暴性も備えていたわたしの性格は、ある日爆発し、そいつに襲いかかった。年下の彼は、その後、二度とわたしをバカにする事はなかったが、わたしの行く所を、あからさまに避けていた。そして、わたしは友達から、彼がわたしの陰口をみんなの前で言っていた、と聞かされた。わたしは彼をおそろしく感じると共に、そんな事を笑って話した友達も、おそろしく思えた。わたしには、どこにも味方はいなく、みんなの中でも心は凍りつき、孤独を感じていた。そして、子供達の親が集まって料理を作り、子供達にふるまう会でも、わたしの母は仕事で欠席していて、わたしは一人さみしい思いをした。それどころか、母親達が、わたしの陰口を言いふらしている奴をやたら歓迎し、もてはやしているさまを見た時には、ハシを持ちながら、一人とり残された気分だった。そして嫉妬で胸が焦げそうだった。そんな時、ただ、ひたすら心に浮かんでくるのは、母だった。

わたしは、母に対して、ワガママばかりではなかった。母にワガママを言って、母を困らせた日の朝の学校の机の前で、先生の話を聞きながらも、わたしは、母の事を思っていた。そしてワガママを言ったことを後悔するのが常だった。母がいつか、いなくなる、そんな漠然とした不安が、イスに座っている時、頭をよぎっていた。いつか誰かが母を僕から、奪ってゆく。そんな不安もわたしを苦しめた。だが、いったん家に帰ると、母に対して素直になれない自分がいた。こんな事があった。母の日に、何げなくプレゼントを欲しがった母に対して、素直になれなかったわたしは、わたしの誕生日に何もくれなかったくせに、とプレゼントを用意していたにもかかわらず、母にわたす事がどうしても出来なかった。母はさみしそうに、その場を去った。わたしは、その後ろ姿に、声をかけたい気持ちを、ぐっとこらえた。その辺の心理は、今でも理解できない。母に、自分の本当の心を見せるのが、恥ずかしかったからかも知れない。本当の心は、弱いものだと思っていたからかも知れない。その弱さを母にさらけ出すのが、強がっていたわたしは、こわかったからかも知れない。わたしは母と一つになりたかった。だがその場合、弱さと弱さが足されて、ますます弱くなるような気がどこかでしたのだと、今は思う。その弱さが、あんな悲劇を生むとは…。

忘れないうちに書いておくが、わたしの家族は、祖父と祖母、母、姉、わたしと妹の六人家族である。これを見て分かるように、ほとんどが女性の中で、わたしは育った。祖父は、花屋に命をかけていて、まじめで、無口で、これもまた、気が弱かった。よく、花の値段を値切られたり、とにかく人が良かった。仕事熱心で、重い土を運んでいるうちに腰が九〇度に限りなく近く曲がっていた。そんな祖父を目にした、わたしの友達の母親は、わたしがその友達の家に遊びに行くたび、その祖父の話をしてバカにするように笑った。そのたびに、わたしはその友達の母親を殺したい衝動にかられた事をおぼえている。その家はラーメン屋をやっていたのだが、わたしのある友達は、遊びに行くたびにチャーハンをふるまわれたが、何度行っても、わたしには何も出されなかった。その母親が、父のいない、わたしの家族をバカにして、育ちの悪いわたしをあからさまに嫌っていたのが反射し、わたしの心が、態度には出ないが、無意識にその母親を嫌うさまを見て、まるでボクシングのように楽しんでいた事が、今では手にとるように分かる。この母親は、自分の息子を「国男さん」と、さん付けで呼んでおり、「国男さん、いつまでゲームをしてるの。早く勉強しなさい」と遊んでいるわたし達に言う時には、そこに嫌味と、親と子の間に氷のような冷たさを感じた。この友達とは高校生になってもつき合っていたが、高一の時、彼からアダルトビデオを借りる事があった。家からアダルトビデオを持ち出し、わたしにわたすのを陰で見ていたこの母親は、わたし達に向かって一言、「国男さん、何をコソコソしているんですか」と冷たく言った。わたしはそこに、息子に対してじゃなく、わたしに対する非難を感じた。この親子の関係は、わたしと母の関係と全く逆であった。わたしのケースもゆがんでいるが、この親子のようでなくて、良かった、と心から思った。そして、こんな母親を持った友達に、同情と軽蔑の感情を抱《いだ》いた。わたしには、親友にさえも、軽蔑を抱く性質がある。そして親友に何か不幸があると、心の中で少し安心する性質も備わっている。わたしの高校時代に、こんな事があった。わたしの大の親友だった高尾という名の青年が、ある日の登校途中に車にはねられ、重傷を負った。わたしは、その知らせを聞いた時、親友の不幸を嘆くうちに、じわじわと喜びの感情がわき立つのを抑えられないでいた。自分もまんざら不幸ではないなと、再確認できたのである。そして、その親友が、頭に包帯を巻いて、勉強が遅れるからと、無理をして学校に現われた時には、学問に執着する、その浅はかさを心の中でバカにし、思ったより早く治った事をいまいましく思った。何より、包帯の間から見える、その傷口の気持ち悪さを隠そうとせず、進んで人に見せていた様子と、「高尾の頭は気持ち悪い」と言われて、それでも学校に来る彼の無神経さと、恥を感じない心に、わたしは軽蔑した。話はそれたが、その「国男さん」の母親は、わたしの母も、わたしの妹ぐらいしか身長がない、顔も厚化粧だとバカにした。それを聞いた時、わたしは自分自身の身が裂かれるような思いがした。自分でさんざん母の悪口を言うくせに、人が母の悪口を叩くのは、耐えられなかった。そんな時、とても母が小さく見えるのである。この母親が経営するラーメン屋は、評判がよく、同級生たちが「あそこのラーメンはうまい」と言うたび、それを聞くわたしの心は、いまいましさで、ざわめくのであった。性格の悪い人ほど、才能に恵まれる、それに比べて、わたしの母はどうだ、不器用で、料理もヘタで、苦労ばっかしている、それを思うと、むしょうにくやしくなった。その苦労は、わたしが原因だと自覚することもないまま…。

わたしの奇妙な性質は、一つ上の姉と、一つ下の妹にはさまれて育った事にも原因があろう。これがもし、兄だったり弟だったりしたら、また違った人生だったはずだ。頼りがいのある、親思いの兄がいたならば、その兄を慕い、見習って、こうまでめめしい女性的な性格も、その発達を防げたかも知れない。だがその逆で、わたしの姉は、これも父親がいなかったせいか、暗い陰湿な性質であった。わたしと姉とは、物心ついた頃には全く会話というものがなく、母にワガママを言うわたしにも、それをきく母にも、姉は無関心だった。姉は、わたしの名前を口にした事がなく、母や妹には、わたしの事を、「あの人」と言っていたらしい。それでいて、姉は、学校では名の知れた人気者であった。上級生達から姉のウワサを聞くたび、わたしの頭の中に「二重人格」という言葉が浮かんだ。その単語は、そっくりそのまま、このわたしにあてはまるのである。わたしは、ある日友達に、「二重人格って言葉、知ってる?」と聞かれて、ドキリとした時がある。その友達が、わたしの二面性を知っていて、ワザと聞いてきたような気がして、わたしの中で、友達から要注意人物へと変わった。このように、わたしの心の内部で、友達が違ったものになったり、実際、友人が急変するのを目の当たりにする事は、この後もわたしの人生につきまとう一生解けない永遠のテーマだったのである。その話は後々する事になるが、今はわたしの妹について書く事にしよう。何を隠そう、この妹こそ、この後のわたしの人生を破滅へといざなう最大の核なのである。わたしの妹は母に似ていて、そしてとてもやさしく、おとなしい性格であった。よく、腹をすかせたわたしのために、いろんな物の混ざった変なお好み焼きを作ってくれた。妹が泣いていたのである。ある日、妹といっしょにTVのアニメを見ていた時、おどろいた事があった。妹が泣いていたのである。アニメの主人公が悲しい目にあっているのを見て、涙がこらえきれなかったらしい。そんな妹の慈悲深さを感じながらも、泣いてる妹をわたしは笑った。わたしは学校で、同じ地域の子供が集まる集会があるたび、妹の目の前で、下級生達がわたしをからかう姿を見られるのが何よりつらかった。家の中ではいばっていたわたしは、外でも強い兄でいたかったからである。だからこの後、わたしの身に降りかかる大きなイジメは、何より妹の目には見せたくなかった。

小学校時代の最後の年、わたしはある人物と友達になった。その子の名前は「平野」である。平野とわたしは、よくいっしょに学校から並んで歩いて帰った。そして、よく彼の家で遊んだ。そして遊んでいるうちに、だんだん彼の異常さがわかってくることとなった。彼は、よくわたしの目の前で自分の祖父をからかった。「じじい、ほらお食べ」「じじい、こっち見るな」とか、「じじい、変な顔しろ」とか言って、怒る祖父を見て大声で笑っていた。わたしが彼の家で寝ていた時、起きたら彼の顔が目の前にあった事もあった。彼は、わたしが寝ている間中、何もせず、わたしの顔を眺めていたのである。そして、こんな事があった。彼の家で遊んでいる時、突然彼が、「のど渇いただろう、ジュース出すよ、待ってて」と言って、台所に行き、コップに入れたジュースを持ってきた。わたしがそのジュースを飲もうとコップを口に近づけた時、変な匂いがした。そして、せっかく出された物を、飲まないと悪いな、とわたしが全部飲みほした瞬間、彼が突然ヒーヒー笑い出した。「ごめん、そん中に、ちょっとだけ洗剤を入れちゃった」と言うのである。彼の異常さは、これだけにはとどまらない。

彼とわたしは、同じ女の子を好きになった。その子の名は「朝美」といった。わたしたちは二人でよく朝美の話をした。そして二人で朝美に何かプレゼントをしよう、と決めた。彼とわたしは、さっそくデパートに行き、安いぬいぐるみを買った。朝美の喜ぶ顔を想像し二人で語り合った事をおぼえている。彼とわたしは、朝美の誕生日に二人でいっしょにプレゼントをわたす事にした。だが、朝美を思う気持ちが、誕生日まで待ちきれなかったわたしは、彼より先に、朝美にプレゼントをわたしてしまった。それを知った彼は、急に態度が豹変し、謝るわたしを林の中へ連れていった。そこで彼は、わたしにズボンとパンツを脱ぐよう命令した。気の弱いわたしは下半身をスッポンポンにしたが、彼は、さらに次に、地面に生えてる草を食べろ、と命令した。わたしは草を食べた。彼は、そんなわたしを冷たい目で、黙って見ていた。これでもう終わりかと思っていたら、彼は、次にわたしに落ちてるゴミを食べろ、と言った。わたしはゴミを口に入れ、大げさにむせた。ワザと吐くマネをした。あえて死にそうなフリをした。警察ざたになる事をおそれたのだろう、彼はそれを見て、やっとわたしを解放した。だが、これだけで彼のイジメは終わらなかった。彼は友達に、この出来事を話したのである。この話は、やがてクラスのみんなの耳に入っていった。わたしは辛かった。何より辛かったのは、その事を朝美に知られたことだ。クラスのみんなのわたしを見る目は変わり、わたしは休み時間がこわくなっていった。休み時間、みんながワイワイさわいでいる時、わたしは一人イスに座って、手持ちぶさたを味わった。そして授業中、みんなが黒板に集中している時間の時だけ、何かにつつまれているような感じがした。わたしは平野に対して憎しみの感情を抱けなかった。自分にとって、あまりにも大きすぎる相手には、人は憎しみを感じない。人が相手を憎む時は、相手がどうにかなりそうな時に限るのだろう。自分の力では、どうにもできない相手がいたら、人は、あきらめるものだ。むしろわたしは、わたしのフデ箱を朝美の机の中に隠した「吉田」という名の奴を憎んだ。この吉田という奴は、この後のわたしの人生を狂わすキッカケとなるのであった。

小学生時代のエピソードとして、最後にこれを書いておこう。このエピソードは、後々のキーワードとなるから。なにをかくそう、わたしは小学校の頃から目が悪かった。暗い所でよく本を読んだのが原因であろう。ある日、学校から帰って、そろばん塾へ行こうと家を出た時、目の前にのら犬がいて、わたしに吠えた。わたしはかろうじて逃れたが、そろばんを叩きながらも、その恐怖が頭から離れないでいた。あの犬が、まだ家の周りにいなければいいが、そう思いながら塾から帰ったら、なんと家の前にまだ犬がいた。わたしは恐くて家に帰れず、遠くから犬の様子をうかがった。だが犬はいっこうに家の玄関の前から動かない。近所をさまよって時間だけが過ぎていった。やがて思いつき、家に電話をかけ、家の前に犬がいて帰れない、迎えに来て、と言い、母に来てもらって、こわごわ家へ向かった。そして玄関まで来て、バカバカしくなった。犬だと思っていたのは灯油のタンクだったのである。白い犬だったので、白いタンクを犬と間違えたのである。なかなか家に帰ってこないわたしを心配した母が、そろばん塾に電話をかけていたのだが、後から塾の先生にその事を話したら、その話が塾の生徒に話されて、翌日の学校で、わたしはみんなから笑われた。わたしは、余計な事を言った母を憎んだことをおぼえている。

中学生になったわたしは、何の部活に入ろうか迷っていた。これといって何にも興味なかったのである。するとある日、わたしのフデ箱を隠した例の吉田が、わたしのクラスに現われ、強引にわたしをある場所へ連れていった。そこは畳の敷き詰められた柔道場であった。吉田は無理やり紙にわたしの名を書かせ、こうしてわたしは柔道部員となったのである。ここでわたしは、運命の傷を負った。ある日の稽古で吉田と組んでいた時、彼がわたしを投げた。その時、うまく受け身がとれず、全体重が左手にかかった。その時は、何ともなかったのだが、日がたつにつれ、だんだん痛み出してきた。やがて、手首を曲げると激痛と共にポキッポキッと音がするようになった。そして左手の指が、思う存分開けなくなった。そのせいで、体育の時間のバレーボールでは、サーブやトス、アタックがうまく出来ず、仲間からののしられた。だけど、わたしはこのケガを仲間には言わなかった。言ったら、わたしの体の不自由なのを知って、よけいわたしが変な目で見られる事をおそれたからである。体操の時間では、逆立ちをする時や前転をする時、左手が痛くてうまく出来なかった。そしてやはり、みんなに笑われた。そんな時、わたしは笑う奴らを憎むより、吉田を憎んだ。柔道部に入れたのも、このケガを生んだのも彼だからである。そしてあの結末に導くキッカケを生んだのも。わたしは体育の時間が、何よりゆううつになっていった。忙しい母を連れ、病院に行ったら、これは腱鞘炎ですね、と医者に言われ、手首に電気を流したり、お湯の中に左手を入れ、その後先生に関節を、指で力いっぱい押された。帰る時には治った感じがするのだが、次の日には、また痛んだ。そして、また母を連れ、病院へ行く日々が繰り返された。わたしは、お湯の中に腕を入れながら、この病院はダメだと思った。別の病院へ行くと、「これはガングリフォンですね。ほっといても大丈夫です。気にしないでください」と言われ、でも痛むんですと言うと、一言「治しようがありません」と冷たく言われた。わらにもすがる思いで遠い有名な病院へ行ったら、軟骨が出てますね、今から注射器で取ります、と言われ、ホッとして待っていると、きれいな看護婦が目の前に現われた。その看護婦に注射されながら、みとれていたら、まるで肉まで吸い取られているような痛みが走った。この注射が、わたしの左手首をより悪化させたのは明らかだった。前より指が動かなくなったからである。わたしは、あのきれいな看護婦の顔と、痛みを並べて、やるせない思いでいっぱいだった。そんな中、今思い出すのは、母である。母は仕事を終えくたくたの体のはずなのに、何も言わず、わたしを何回も病院へ連れていった。そして、待合室で何時間もただじっとしてたのである。そんな時、母は一体何を考えていたのだろう。休む事なく働き続けるその小さな体には、どんな魂が、希望の光があったのだろう。この後の人生に、大きな悲しみが待っているというのに…。

この手首の傷《いた》みは、わたしの心をますます陰うつにした。わたしは常にイライラし、事あるごとに母にあたった。この頃になると、わたしは食事を自分の部屋に運ばせ、一人で食べるようになった。そして飲物を飲む前には必ず、母に毒見させた。平野に洗剤入りジュースを飲まされた事がトラウマとなって、実の母さえ、信じられなくなっていたのである。こうしたわたしのゆがみは次のような出来事によって、ますますひどくなっていった。

わたしは、もらったお年玉を、机の引き出しの中に入れていたのだが、ある日学校の友達が家に遊びに来て、部屋の中でゲームをした。そしてわたしがトイレに立って、戻ってくると、急に友達が用事があるので帰る、と言った。何かひっかかるものがあったので、友達が帰ったあと、机の中を調べたら、お年玉が消えていた。逆に、そいつの家へ遊びに行って、帰る時におどろくこととなった。その友達が「身体検査」と言って、わたしのコートやズボンのポケットを調べたのである。自分が盗むくせのある奴ほど、他人も同じように盗む、と思うものである。奪う者は、奪われる恐怖にとりつかれる。その友達とは以前、口ゲンカをした事があったが、その時、そいつはわたしに向かって「お前、お父さん、いないくせに」と言った。その言葉は何よりわたしを傷つけた。そしてあらためて父がいない現実に愕然とした。この友達は名を「たけし」といい、とても背が小さく、そのことでクラスメイトにいじめられていた。わたしは同じいじめられっ子の共鳴から、彼に近づいた。そして一度、彼の家へ宿《と》まりに行ったら、それがクラスメイトの耳に入り、次の日からしばらく誰も口をきいてくれなかった事をおぼえている。それでいて、彼には残酷な一面があって、会うたびに、わたしのほっぺを何度もつねり、喜んだ。彼は、ほほをつねっていれば次第に顔が膨張すると思いこんでいて、わたしの顔が変わっていくさまがうれしいのだった。彼は自分の実の弟のほほさえ、つねっていた。このようにわたしの友達は異常な人物が多いのだ。何よりわたし自身が最も異常だとは後になって知ることとなるのだが…。わたしは彼に、一週間という約束でゲーム機を貸した事があったが、返してくれたのは三年後だった。もし、その三年間、家にゲーム機があったならば、気がまぎれ、わたしの暗い衝動も頭を出さなかったかも知れない。そういう意味では、この「たけし」という人物も、後々の不幸の一つの要因であろう。わたしのゆがみと、この「たけし」が結びつく糸として、最後に、こんな事があったので書いておこう。小学生の時、例の平野と吉田がわたしに、仲のいい彼をいじめるよう命令し、わたしはしぶしぶ、彼をいじめた事があった。中学生になると、なぜか「たけし」は人気者となっていた。そして彼がわたしにボソッと言った言葉に、わたしは戦慄した。

「あの時の借りは、返すからな」

　わたしのゆがみは、こんな事も原因だった。ボーイスカウトの集まりで、おのおの自分の大切な物を見せ合う会があった。わたしは、思い出のバッヂや記念品をたくさん持っていった。それが、他の人達の物を見て戻ったら、減っていたのである。わたしは、即座にあのわたしをバカにした年下の男の事を思った。みんなが大切な物を見せびらかしてワイワイ楽しんでいる中で、わたしは自分の心がどっかへ行ってしまったような感じだった。そこには自分を失くしたわたしがいた。この日以来、わたしはボーイスカウトに行っていない。わたしのゆがみを決定づけたのは、次のような出来事だった。ある日、わたしが花屋の方へ行ってみると、祖父と見知らぬ男がいた。男は二十代前後の若者で、祖父に向かって強い口調で何か言っていた。「おたくも、もう年なんだから車なんて運転するな」とか、「あやうく、こっちは死ぬところだったんだぜ」とか、まくし立てる若者に、祖父は、ただひたすら頭を下げていた。それを見ていたわたしは、こんな若者に頭を下げている祖父が、腹立たしかった。そして若者が「こんなチッポケな花屋なんて、誰も買いに来ないよ、やめちまいな」と言ってそばにあった花をけとばした時には、わたしの中で、殺意がわき上がった。わたしの隠れた凶暴性が爆発しそうだった。自分を苦しめるのはおいといて、他人がわたしの家族を苦しめるのは許せないのである。若者は捨てゼリフを吐いて帰った。そこでわたしは見た、祖父は見てなかったかも知れないが、わたしは見た。その男が帰りぎわ、レジからお金をぬき取ったのを。祖父と祖母が老いの体にムチ打って、ただひたむきに、ロウソクに火をともすように細々と、毎日毎日少しずつためていったその真実を、その男は鼻歌を歌うようにいともたやすく、奪い去ったのだ。この時わたしは恐怖で動けなかった。その男に対してではなく、もっと大きな何かに対しての恐怖で…。

このような事があって以来、わたしのゆがみは形となって現われた。まず、家の中のカギというカギ全部が、ちゃんとかかっているか確認するようになった。母と二人で外食しに行く時も、残った家族に内からカギをかけさせた。次にわたしは自分の部屋から離れる時、引き戸のすき間に物をはさんで、わたしがいない間に誰も入らぬよう、入っても分かるようにした。今まで、奪われたり失くしてきたりしたので、もうこれ以上、何も奪われたくない、という気持ちがそうさせたのだろう。たまに家に来る親戚達は、口をそろえて、あいつは頭がおかしい、と言っていた。それを陰で聞いていたわたしは、親戚が帰った後、母にあたった。こんなわたしを悲しんだ母は、わたしの担任の先生に相談をした。だが、この担任の伊藤先生も、わたしの敵となるのであった。ある夜、この伊藤先生がわたしの家に訪れ、わたしを人気《ひとけ》のないグラウンドへと連れていった。そして砂場に立って、いきなり「オレにぶつかれ」と言うのであった。わけが分からないまま、恐くて早くこの場を去りたいと思っていたら先生が「オレに体当たりしろ、この世の中で一番大切なものは何だ」と言った。わたしは「先生です」と答えた。一刻も早く、この状態から解放されたかったので、おせじのつもりで言ったのである。「違うだろ、さあ、言ってみろ、この世で一番大切なものを」先生の声が大きくなった。この世で一番大切なもの？　そんなのどうでもいい、早く帰りたい、そう思っていたら先生が大声で、わたしにどなった。

「わからないのか、このマザコン！」

この言葉に、わたしの中の何かが切れた。次の瞬間には、先生に体当たりしている自分がいた。そして涙が止まる事なく流れた。泣きながら、「親です、この世で一番大切なのは、親です」と言っていた。先生は、「そうだ、正解だ」と言い、わたし達は誰もいない砂場で抱き合った。月が涙でにじんで、ちぎれていったのを、おぼえている。

この感動のわずか三日後、わたしは伊藤先生のもう一つの顔を知る事になった。その日、休み時間の時、わたしの近くで一組の男女がヒソヒソ話をしていた。二人はチラチラわたしの方を見ていた。女が「本当なの？　あんなにおとなしいのに」と言うのが聞こえた。次に男が言った言葉に、わたしは震撼した。

「本当だって。あいつ、家ではワガママらしい。伊藤先生から聞いたから、間違いないよ」

わたしはブルブル震えが止まらなかった。それから二人の会話が聞こえなくなった。過去のさまざまな思い出が、わたしの頭の中でフラッシュバックしていた。ボーイスカウトの年下の男、わたしの姉、平野、たけし、そして伊藤先生、これらは皆、もう一つの顔を持っている。そしてその顔は、わたしにだけ見えている。彼らは、他の人の前では、いずれも人気者になっている。隠れた一面を、なぜかわたしにだけ見せている。なぜだろう、わからない。まるで、彼らの鏡に映った別の顔を、わたしにだけ、垣間見せてるようだ。その鏡に映った姿は、冷たく残酷である。


このもう一つの顔は、別の先生も垣間見せた。体育の授業で、サッカーをしている時の事だった。体育の先生は、気さくで、とてもやさしく、生徒から慕われていた。女子からも人気があるハンサムだった。ある日、二クラスが分かれて試合をする事となった。サッカーなら手を使わなくていいので、わたしのケガも関係ないので、わたしの心は軽かった。だが、仲間からのパスを蹴ろうとして、思いっきり空ぶりしたらののしられ、わたしの心はブルーとなった。さらにブルーにする事が起きた。試合の後、みんな集まって、先生の話を聞いてた時の事だ。先生が、唐突に、

「おい、〇〇、グラウンドに落ちているボールを拾ってこい」

とわたしを名指しして言うのであった。こんなに大勢生徒がいる中で、なぜわたしを？と思いつつ、走ってボールを取りに行った。その時、校舎の窓からのぞく人々の目が気になった。戻ってみると、先生の話にみんな、笑っているのであった。わたしは一人取り残された気分の中で、「もう一つの顔」の事を思った。

中学生時代、またこんな事もあった。わたしは塾に通っていたが、ある日、その塾に、木村という同級生が新しく入ってきた。わたしは彼の事が嫌いだった。彼は名の知れた、親不孝者だった。親不孝なやつほど、自分と照らし合わせて、親不孝者をおそろしく感じるものだ。この木村とは、塾への道がつながっていて、行きも帰りもいっしょだった。話す事もこれといってないので、わたしは気づまりな思いをしていた。そんなある日、木村がわたしの家に迎えに来た時、偶然、母にどなっているわたしの声を聞いた。彼が、「お前んちも、すごいなぁ」と笑った事を今でもおぼえている。わたし達と他の何人かで、よく塾の帰り道、寄る菓子屋があった。その店のおばさんは、いつも笑ってわたし達を歓迎した。そんなある日、わたしは目撃した。店の中で、お菓子をポケットに入れた木村を。だが、この事をわたしは誰にも言わなかった。木村が「おいしいから、いっしょに食べようぜ」とさしだす菓子を断る事で、無言の抗議をした。そんなわたしの耳に信じられない言葉が入った。別の友人が、

「あのおばちゃん言ってたよ、君、いつも何にも買わないで出ていくから、気味が悪い、きっと万引きしてるんじゃないか、って」

とわたしに言ったのである。わたしは思わず、木村の顔をじっと見た。そして、あのおばさんの、別の顔が頭の中でウズを巻いていた。こうして、わたしの人生につきまとう、人々のもう一つの顔は、やがて、わたし自身が実際に手に入れる事となる。もうすぐだ、もうすぐフィナーレだ、それまで、わたしの心よ、耐えてくれ。

中学生の時の最後の思い出も、今でも深くわたしの心に根づいている。それは、母が仕事先でいじめられている事を知った事だ。母が、隠れて泣いているのを見たわたしは、強引にその話を聞いた。わたしがどんなに苦しめても涙を見せなかった母なのであった。いや、きっと、見えない所で泣いていたのだろう。わたしは、その涙を見て、母をいじめた奴を心から憎み、そして今までさんざん、母を苦しめてきた自分自身を憎んだ。だが、やさしい言葉の一つも、母にかけられない自分がいた。どうしてもっと素直になれないのか、母は毎日仕事に行き、そこでいじめられ、帰ってきたら今度はわたしに苦しめられ、助けてくれる人もいないというのに。それでも生きた理由は何？

こんな母にも、隠れた一面があった。姉が高校受験を目の前にしてナーバスになっていたのだろう、親戚が家に遊びに来る事を、母に断ってくれるよう、頼んでいた。姉の言う事にも逆らえなかった母は、親戚に電話をした。電話で親戚は、せっかく会いに行くのに、なぜ行っちゃいけない、とまくし立てた。すると母は、わたしにも聞こえる大きな声で、

「うるさい！」

と、どなって電話を切った。後で、親戚が猛烈に怒って母を責め、母はひたすら謝っていたが、この事は、母がわたしに見せた、唯一の強さとして、わたしの記憶に残っている。

高校生となったわたしは、新聞配達を始めた。言葉で言えない代わりに、行動で母に「ありがとう」を言いたかったからである。この新聞配達で何よりわたしを夢中にさせたのは、スポーツ紙のエッチな記事であった。わたしはよく、配達途中、そういう記事をひろげて、夢中になって読んだ。そのせいで、帰るのがいつも遅れ、店長に叱られた。友人から借りたアダルトビデオを見ていたのも、この頃である。わたしは性に目覚めるのが人より遅かった。その分、その反動が一気に押し寄せたのである。ある日、死んだ父の友人が突然家に来て、「ちょっと、お母さん、借りるよ」と言って、母を連れ出した。わたしはそいつに母が犯されたような気がした。そしていつか予感した、わたしから母を奪い去ってゆく奴が、ついに現われたと思った。帰ってきた母はどこか、よそよそしかった。それを見たわたしは、そいつをギタギタに殺したかった。この後、本当に人を殺す事になるとは…。

わたしの性は、行き場がなかった。メガネで、手は不自由、いじめられた過去、そして悲しい性質、とても女性にまともに相手をしてもらえるとは思わない。わたしにとって、女性は手の届かない遠いあこがれであった。そんなある日、友人がわたしにもらした告白にハッとした。

「お前の妹、かわいいじゃん。オレ、つき合いたいよ」

いる！　わたしの性を満たす女性が、手の届く身近な所に。行き場があった！　だが…わたしと妹とは、何より大きなカベではないか。この手記を読んでる諸君、もう少しだ、もう少しの辛抱だ、ここから結末まではなるべく短く書くから。なにしろわたしの心がもつかどうか。ここからは変な文章になるかも知れないが、わたしは早く終わらせたいのだ。なるべく短く、大切な事だけ書くことにする。あの最終地点まで。

ある雨の日、わたしは見なれない薬屋に入った。雨のせいで手首がじくじく痛んで、がまんできなかったからである。この薬屋については、読んでる諸君がおのおの想像してくれたらいい。わたしはなるべく、はしょりたいのだ。とにかく、この薬屋との出会いが、わたしの不思議な体験の始まりだ。ここで買った薬を手首に塗ったら、痛みが消えたのが最初の不思議だ。次の雨の日、その薬屋へ行って目薬を買って、目にさしたら急に、周りの物がよく見えるようになったのが二番目の不思議だ。そして三番目の不思議は、偶然、その時出会った友人が、わたしだと気がつかなかった事だ。そして四番目の不思議が最も大きなものだが、家に帰って、鏡を見て、おどろいた。そこには全く別人の顔が、映っていたのである。それは見た事のない他人の顔だった。だがやがて、鏡に映ってる顔は、わたしの顔に戻った。今のは幻影だったのか、そう思いながらも、視力が戻るこの目薬をさして街に出た。メガネをかけないで外の空気を浴びるのは心地よかった。そして、メガネをはずした顔を見せたくて、友人達の集まっている場所へ行った。そこでも友人達は、わたしに気づかなかった。それどころか話しかけると、「アンタ、誰？」と言われた。わたしは最初、友人達がからかっているのか、例のもう一つの顔を見せたのか、といぶかっていたが、やがて重大な事に気づいた。

「この目薬は、視力を元に戻し、そして、人の顔を変える効果がある」

手首を治したように、あの薬屋の売ってる物は、不思議な力を持っている。わたしが他人になれるなら、妹と一つになれる。わたしは次のどしゃぶりの夜、再びあの薬屋へと向かった。そこで前より強い目薬を買って、鏡の前に立ち、目にさした。案の定、鏡には全く別人の顔が映った。わたしは他人に変身したのだ、これならやれる。運のいい事は続くものだ。わたしは、一人きりでいる妹を見つけた。花屋の裏の物置小屋の中で、わたしは妹に襲いかかった。そして、いつの間にか、妹の首をしめていた。その間の時間が、どれだけだったのか、わたしはおぼえていない。わたしは妹の死顔を見て、大変な事をした、と思った。だが次の瞬間、わたしの凶暴性は再び目をさました。

「妹を殺したのはオレじゃない。他人なんだ。また元の顔に戻れば、オレはつかまらない」

だが時間が経っても、わたしの顔は元に戻らなかった。目薬の効力が前より強いからだろう、わたしはあせった。そして、あの薬屋を探した。だが、どれだけ探しても見つからない。早くあの薬屋へ行って、元に戻る薬をもらわなくては。雨はすっかりあがっていた。わたしは東京へ行った。

東京で暮らしているうち、だんだんわたしは安心していった。この今のわたしの顔は、今まで、この世に存在しなかったのだ。だから、わたしの事を誰も知らない。警察につかまる事もない。わたしは生まれ変わって自由なのだ。そう思いながらも、クラブに行って、サチコという名のホステスとしゃべっている時も、わたしの心は、はずまなかった。自分の顔が、本当の自分の顔じゃない、そう思うと、自分を失くしそうな気がした。弱くても前の自分の方がいい、そう感じていた。

それから二十年後、わたしの顔は元に戻った。自分を取り戻したわたしは、さっそくクラブへ行った。その頃には、サチコはクラブのママになっていた。クラブに着いてから、おどろいた事が二つある。まず、サチコがいなくて違うママがいた事、そして、周りの女の子が一人も、わたしの変化に気づかなかった事だ。元の顔に戻ったので、わたしは二十年間、思い続けていた夢をかなえる事にした。それは、母に会うことである。別人の顔の時は、どうしても母に会えなかった。あの、いとしい母にやっと会える。その思いだけで、家へと向かった。

なつかしのふるさとに帰ったわたしの目の前に現われたのは、妹だった。二十年前、わたしが殺した妹だった。わたしはふるえる声で、母は？と言った。すると殺したはずの妹が発した次の言葉にわたしは戦慄した。

「母さんは、二十年前、誰かに首をしめられ、殺されたのよ」

兄さん、突然、姿を消して今までどこにいたのよ、と泣きつく妹の顔を見ながら、全てがわかった。あの目薬は、わたしの顔を変えたのではなく、わたしの目に映るものを変えたのだ、わたしが変わったと思っていた自分の顔は、実は全く変わっていなかったのだ、わたしの顔が鏡を見て他人の顔に見えたように、わたしはこの二十年間、他人の顔も全く違って目に映っていたのだ、あの時、友人だと思って声をかけ「アンタ、誰？」と言ったのも友人に見えた赤の他人だったのだ、それで勘違いしたわたしは、あの目薬の力で、母が、妹として目に映って、母を殺したのだ。あの時、妹は、いや母は、全く抵抗しなかった。母は、わたしを、わたしだと知って、それでいて一言も言わず、わたしに殺されたのだ。もう、わたしには、これ以上、書く力はない。』

ミッドナイト・妄想《モーソー》(過去と未来と空間と現象と)

江川少年の精神世界

なんだか体が、ゴアゴアする。どこをどうまさぐっても、モカモカ気持ち悪い。ああ、寝苦しい。背骨が、ムシムシするぅ。関節という関節が、うじゃうじゃよじれるぅ。蒸し暑くて、ヨレヨレするぅ。脳みそがムレる。頭が、果てしない妄想の四次元へといざなわれるぅ…。

○なあ江川よ、小中高といっしょだった、冷静で、ズノウ明晰だった江川よ。お前だろ、今でもオレのあとを尾行してるのは。そしてアチコチ悪口、言いふらしてんのは。どうでもいいけど、その魚の目と、チリチリパーマと、冷静に人を苦しめいじめ抜く性質、ビデオテープにちゃんと収めてあるから。何しろ、三日三晩、江川、お前を尾行したから、証拠は揃ってるぜ。しかも、冷静に、容赦なく、お前の、コギャルのパンティー盗んでるとこ、ちゃんとカメラに収めたからな。チリチリパーマは相変わらずだったな、おかげで他のやつと間違えることなく、お前のあとを尾《つ》けれたよ。

○なあ江川、お前だろ、高校時代、何度もオレの自転車のタイヤに穴あけたの。ほんと、悲惨だったよ。ズノウ明晰なお前くらいしか、冷静に、そういうことやってのけれないよ。おかげでこっちは中退、お前はテストもトップの人気者、ほんと、神様って不公平だな。ところで、あの当時、お前の家に頻繁に無言電話鳴らなかったか？　オレは知らないよ。ただ、うちのＮＴＴの請求が、やけに増えたことは知っている。フフフ…

○なあ江川、お前の、冷静に容赦なくするイジメのオンパレードに、オレの髪の毛も悲鳴を上げたよ。なあ、覚えているか、高校時代の、体育の水泳の授業、髪の薄くなったオレの額にワカメみたくピッチリと毛髪がこびりついて、すごく辱められてるオレを、お前とそのゆかいな仲間たちは、陰で笑ってたね。大爆笑していたね。ところであの日から、股間がヒリヒリしなかったかい。早退けして、更衣室の中でタイガーバーム握っている、復讐のきれいな瞳が、暗闇の中、光っていたよ、ねえ。

○なあ、ゆかいな仲間の一人の佐々木君、君は、高校受験までフレンドのフリしておいて、いざ受験、数分前になって、

「お前なんか、落ちてしまえ。」

は、ないだろう。そして、ぼくの友達からまた借りしたセガのゲーム、返って来た時には、みごとにぶっ壊れていたよ。君は、ぼくのもみあげが気持ち悪いと笑ったね。みんなで、笑ったね。君の家に侵入して、君のシャンプーの中にママレモンを入れたどろぼう、誰だろうね。次の日からの君のもみあげ、とても気持ち悪かったよ。

○なあ吉川、君はやるねえ。なにせ、ぼくが彼女と会う前に、時間差攻撃で彼女を連れ出し、体中なで回し、なめ回し、さんざん食い物にされた彼女が、ぼくの前で流した涙…とてもしょっぱくて、シーチキンの味がした。ところで吉川、君の当時つきあってたヨシ子、実はセックスフレンドだったんだ。毎日、ぼくの上にまたがって、出してたよがり声、お前、何度聞いた?

○なあ川口と高田、お前らは、すごいねえ。部活の朝練と掃除、ぼくはちゃんと行ったの

に、「あいつは来なかった」と、一人、裏切り者扱いするとは。おかげで、ぼくの数少ないフレンドが、また三人減った。ところで、川口と高田、お前ら二人がホモセクシャルだった事実を明確に証言するテープ、お前らの友達に聞かせ、お前ら二人がつまはじき者扱いされるきっかけを作ったやつ、オレ知ってるよ。カガミに映ってるから、そいつ……。

○なあ、江川と佐々木と吉川と川口と高田、お前らがグルになって、このオレを高校から追放したんだろ、探偵十社やとったから、調べはとっくについてんだ。もう十年前の話だけどな。ほんと、お前らは執念深かったぜ。まあ、今お前らのケータイに届く、悪質メールの送り主は、誰だか知らねえけどね。まあ探偵やとってるから、お前らのメールアドレスは全て、この手の中には、あるんだ。あと食事には気をつけて。くれぐれも、体調を崩さぬよう。毒キノコを送るから。それでも食べて、あの世へ行きな。

追伸……冷静で、容赦なく、人をいじめるのがうまかった君、今ごろ、三途の川をわたるボートの底に穴でもあけて、ゆかいな仲間たちから反感を買っているだろうね。そう、何度も自転車に穴をあけ、誰かさんから反感買ったように…

四次元から戻ると、寝苦しくて、体がゴアゴアする理由がわかった。背骨がやたらムシムシしていたのは、敷きフトンの下に、江川の死体を隠していたからだった。こいつめ、死んでからもぼくを苦しめるとは、なかなか、やるう。

街の遺伝子

殺人鬼も、天才も、凡人も、犠牲者も、時代に割り当てられる——

この街では、行き交う人、誰もが他人。ビジネスが成立しなければ、ハイ、サヨナラ。情熱で挑んでみても、街は冷たく、こう言う。

「ナニヲ、ソンナニ、アツクナッテルノ？」

情熱が時代遅れなのか、それとも情熱《パッション》について来れない街がのろまなのか。求められないのなら、誰もが同じ——。カテゴリーに収められ、割り当てられ、倒れても、憎むは己の性質のみにせよ——。誰が、神の意志に逆らえる？　神は正しい。だから、今の時代も正しいのだ。全て滅びる運命だとしても——。

この街では、探偵社のターゲットが探偵を依頼してくるというシュールな出来事など、日常茶飯事だ。自分が、つけられてるとも知らずに——。自分の運命を、探偵風に占ってみる。あの子が見つかった？　見つからない？　どっちかに、賭けてみる――。当たったら、再び出会える、たとえ、見つからなくとも会える――そんな賭けを、ふとしてみる。

1

下田ヨウキは、昼間の明るさが怖かった。太陽が、いじめる。彼は、夜の街を好んだ。夜の人々はいい。その性質と、彼の波長が合うのだ。昼間の人間は、つまらない。もっとドロドロしたものが、見たい。夜の闇に、うごめく、うずまく、その人間の表の姿――。

今日もヨウキは、夜の街をさまよい歩く、あてもないまま――。

ビデオ屋でAVを物色していた彼は、ふと、ある視線に気づく。男がこっちを見ているのだ、じいっと。メガネをかけた男が――。ヨウキは、その視線に、彼の人生に絶え間なくかかってくる無言電話を連想した。不気味に思った彼は、何も買わず店を出た。

店を出ると、ヨウキは無意識に己のメガネをはずした。視界がぼやける。行き交う人々、みんな幽霊のように見える。彼はそのまま、立ち食いそば屋に入った。かけそばを注文すると、チクワがついてきた。

「お兄さん、これあげる」

と。――おばさん、そんなにぼくの素顔は、あわれそうに、みじめそうに見えるのかい

——今にも泣き出しそうな気分で、チクワにかじりついた。

コーヒー店に入ると、まずしたことは、トイレに駆け込んで、コンタクトレンズを装着したことだった。これでもう、大丈夫？　——ヨウキは、コーヒーを飲みながら、タバコをすぅーと吸ってみる。すると、お腹のある箇所が、痛みを伴いノックする。また、吸ってみる。痛む——。もう一息、吸ってみる。お腹がウズウズしてくる、まるで虫がいるようだ。そうかといって、ニコチンが切れると、思考がストップしてしまう彼の性質に、彼はどれだけ、わずらわされたことだろう。四本、たて続けに吸い終えると、彼はポケットから本を取り出した。本を読み始めたが、相変わらず落ち着かない彼の性質。三行読み進んでは、二行戻らなくてはならない。特に、言って欲しい言葉を本の中に見つけた時は、ひたすらその文字と格闘する。彼はページをめくるが、うまくめくれない。握力がやがて低下し、本さえつかめなくなってゆく…。読むことを諦め、再びタバコに火をつける彼の視線の先には、クールな女性が、やはりタバコを吸っている。ヨウキはなんだか、その女性の目の冷たさがうれしかった。だが、一人の老婆が彼の席の隣に座ると、ヨウキは、イヤな気がして、コーヒーショップをあとにした。

再び夜風に触れると、一人身の気安さ、さみしさが、胸を去来した。恋人は、タバコ。だが、ライターがない!!　ヨウキは、コーヒー店のテーブルに、ライターを置き忘れたことを思い出した。タバコを吸う人にとって、ライターがないのは一大事である。彼はコンビニを求め、さまよった。その途中、キャバクラの客引きが数人いたが、一人も彼には声をかけなかった。こういう時、逆にさみしさがつのるのも、不思議だ。いつもは声なんて、かけて欲しくもないのに——。やっとの思いでコンビニに着き、ライターを手に取りレジへゆくと、店員が無言でレジを打ち、無言で彼の姿を見送った。なれなれしいのも困るが、こうも無下にされるのも、気分的にブルーになった。メガネはもう、かけてはいないのに…。

コンビニを出て、さっそくタバコを吸おうとしたら、タバコまでも、ないのに気づいた。自販機でタバコを買ってる最中、彼に、人が声をかけてきた。

「すいません、青梅街道ってどちらです？」

「知りません」

彼はクールに、冷たい目で答えた。

「じゃ新宿三丁目って、わかりますか？」

「…………」

「なに、黙ってんだ、バカヤロウ！」

そう怒鳴って、おっさんは去っていった。彼は、戦慄を覚えた。まただ、また、タバコを買おうとして、人が話しかけてきた。以前にも、あった――。彼の中の何かを、わしづかみするものがあった。

サイフの中身を見て思った、銀行へ行こうと。ヨウキは、来た道を避けて、別ルートで銀行まで行った。キャッシュコーナーでお金をおろしていると、他がガラ空きなのに、彼の隣に来る者があった。しかも、用心して見てみると、それが明らかに浮浪者なのだ。ヨウキは、ぞっとした。すると、隣の浮浪者が何やらブツブツ言い出した。ヨウキは、自分に向かって言われているようで、お金が出てくる間、イライラした。浮浪者は、なおもブツブツ言っている。

「なに、ブツブツ言ってんだ、バカヤロウ！」

こう怒鳴ると、ヨウキは銀行から飛び出した。

この、目がいけないのか？　人には気に食わないのか…。そう考えると、ヨウキは店に入って、サングラスを購入した。人格は攻撃的に移行していた。イラついていた。彼は、ああいう、夢をなくした失うもののない人種が怖かった。ファーストフード店に入ると、人々の視線が、サングラスをしている分、余計気になった。ミルクティーを飲んでいると、ドスンと大きな音を立てて、カップルが彼の横に座り、大声で話し出した。ヨウキは、己をターゲットに、カップルがことさらイヤミに大声を出してるようで、イラついた。さらに、席の真正面に老人が座ると、顔と顔をにらめっこするかのように、彼のサングラスを見ていた。サングラス越しにヨウキは、ますます動揺して、ミルクティーを倒して、床に液体が全部こぼれた。カップルのことを、その時、強く意識して、彼は、

「ちくしょう」

とつぶやいた。すると、カップルの女性が、フキンを、

「これ、どうぞ」

と手渡し、店員がやって来ると、なにも言わず、床をふき始めて、前に座っていた老人に、

「すいません、ふきますので」

と謝っていた。ヨウキは何だか気まずくなった。そして、

「すいません、こぼしちゃって」

と店員に謝ると、老人が、

「困るよ、ほんと」

と店員に言っているのに、すいませんと答えるだけで、返事がなかった。見ると、周りの客も、こっちに注目している。ヨウキは、ワザと平静を保って、タバコを吸うポーズをした。すると、無視した店員がこっちに向かい、

「大丈夫ですか、ぬれませんでした？」

と、たずねてきた。彼は、大丈夫です、と答えたが、

「ミルクティーでしたよね、代わりを持って来ますので」

と店員の女性が言うので、

「いえ、いいですよ。すいません、ほんと」

と答えると、

「そうですか、すいません」

と、床を献身的にふいた、その女性は去っていった。しばらくボンヤリした後、ふと見てみると、カップルも老人も、ハンバーガーを食べている。ヨウキは、ハッとした。

オレは何をやっているんだろう、ただ一人でムカついて、床をふくことさえ忘れていた、なんてオレはバカだったんだろう……彼はサングラスをはずして、ふうと息を吐いた。気取っていた——。そうだ、さっきの店員に、もう一度、ちゃんと謝ろう、そう思い立つと、居ても立ってもいられない。あわてて席を立つと、さっきの店員を探した。いない——そうだ、お詫びにハンバーガーを三つ買おう。そう思って、階段を降りると、店員たちが何やら会話しているのに気まずくもなり、そのまま店を出た。

さみしい。とても、さみしい。ミルクティーをこぼしたこと《事件》で、こんな思いにさいなま

れるとは。とにかく、さみしい、人恋しい。そうだ、キャバクラにいこう——、妹たちに会いに行こう——。それは一ヶ月前、ふと行ったキャバクラで懇意になり、彼のことを、お兄ちゃん、と呼ぶ仲にまでなった、二人のホステスのことだ。そのクラブへ行く途中、今度は、しきりに客引きが声をかけて来る。彼はまた、この目がいけないのか、と再びサングラスをかけた。

「そうだ、CDとビデオ、プレゼントする約束してたっけ、買って行かなければ」

だが、戻ってみると、さっきのビデオ店はもう閉まっていた。ヨウキは街を、さまよい歩いた。開いてる店を探して——。すると、歩いている途中、パトカーが目の前に来たかと思うと、彼の前で止まってドアをあけ、警官が出て来た。彼は、イヤな予感がした。すると、警官たちは彼の前まで来て、

「ちょっと、止まってくれる」

「なんですか」

「ちょっと調べさせてくれる」

「なんですか」

「いや、この暗いのに、サングラスしてて、少し怪しいから」

彼は、再び戦慄した。身を守るためのサングラスが、災いを呼ぶとは——。彼のポケッ

トからナイフが出てきたので、警官たちは、彼を署に連行した。それも、身を守るためのナイフであった——。署内で彼は、尋問された。

「なぜ、ナイフを持ち歩いていたのかね」

「ですから、さっき言った通り…」

「人を傷つけるためにだろ」

あまりのショックに、ヨウキの人格が、また移動した。さっきの銀行の浮浪者の人格に変わり、ブツブツ言い始めた。警官が、

「え、何を言ってるんだ。聞こえない」

「オ○○コ…」


やっとのことで警察から解放されたのは、夜中の三時だった。背骨が痛くて、神経がピリピリ音を立てていた。異常なハイテンションになって、深夜営業のビデオ店へ入り、一人はしゃいでいると、店員の二人が、

「ただの酔っぱらいだろ、追い出せ」

彼は泣きたくなって、店を出た。自分を産んでくれた人のことが思い出された。すると、涙が止まらなく、流れた。

家へ帰ると、疲れた心をフトンに溶かし込んだ。しばらくボーとしていると、天井がぐるぐる回り始め、幻覚が見え隠れした。ある音で、夢からさめた。

「プルルル…」

電話だ。こんな真夜中に…また、無言電話か…ディスプレイを見ると、実の妹の名前が…

「もしもし。ノアか…」

すると電話は、ガチャリと切れた。どういうことだ… いつもは非通知のイタ電が、実は… まさか…

「ワハッハッハッハッハッ」

頭の中に白いものが入ってきて、ただ、ひたすら笑った、白痴のように…

遺伝だ…燃えてゆく…


キャバクラで、二人も妹を作ってしまった兄に嫉妬し、無言電話をかけ続けた実の妹、ノアは、気立てのやさしい、純粋な、兄思いの、ヨウキのよき理解者であった。

そんな妹も、多重人格者だったとは――。

エンド・オブ・ソロウ

1

ある一つの思いが爆発した時には、木村の体は、この、因果なアパートの玄関の前の自販機で、ジュースを買いだめしながら、じっとこっちの出方をうかがっているような女性の視線と、バッタリはちあわせた。またか…まただ…不意に、頭上の雲にモアモアしたイヤなものを重ねて、こんにちは、とも言わず、木村は、その女性と玄関先ですれ違った。木村は、アパートを出てからもしばらく、前の道路を行ったり来たりしては、よみがえった観念を振りほどけず、アパートのポスト前にまだ亡霊のように浮かぶ女性のシルエットに、ギョッとした。

「まだ、いる。見てる、知ってる…」

観念のかたまり化した木村のボディは、数分後には、タクシーの中にいた。タクシーの

中の木村の頭の中は、

「あのアパートが、全ての始まりだった。ケーサツにわずらわされ、隣に仲を引き裂かれた、彼女との終わりだった…」

思い返せば、このアパートに越してからは、さんざんな目ばかりであった。中でも、ケーサツに二回もつかまったのは、どういうわけか、あまりについてない我が身と、我が身を宿すあのアパート…。あんなこと、こんなことさえなかったら、彼女との仲も、関係も、もう少し別の形となって、今ごろ展開していたと思うと…木村は、つくづく、悲しい運命、好きな人に会えない運命をのろって、くしゃくしゃにして捨てたい思いであった。やがて、タクシーは新宿の四つ角にたどり着く…。

2

「はい……彼女とは、今年の二月でもう会えなくなりました…会い始めたのは去年の七月からです…」

探偵社の社員の質問に、一つずつ、ていねいに答えてゆく。木村は、一すじの光に、迷わないよう、どうにかゆっくりゆっくりたどり着きたい一心で、心を、狂いそうな精神の均衡を保つのに必死であった。その一すじの光…もう一度、彼女に会えるという、果てしない、ありえないおとぎ話に、すがって、頼って、この部屋へと、ふらふらと魂が導かれ、こうして今、探偵の質問攻めにあっているのだ。だけど、不思議なことに、探偵に話しているうちは、なぜか彼女のことがどうでもいいような感じで、どうせ見つかるわけはあるまい、それよりも、さっき探偵が言った、

「最近、事件とかに関わるケースもありますんで、いちおう、依頼者の身分は…。それとうちは、ケーサツともつながっておりますので…」

という言葉が、やけに気になって仕方なかった。

「また、交錯する一つのカベが立ちふさがる」思いで、あせって、自分でも何をしゃべっているのかさえわからなくなってゆく。木村は、目の前のウーロン茶をクビッと一気飲みして、オニのように自分の心に言い聞かせた。

「なにがなんでも、彼女ともう一度、会う」

仕事料の十五万や、成功報酬の十＋《プラス》十五万円をどうしようなど、もはや頭にはなかった。ちょうど、乗り出した仕事の採用通知が、明日にでもポストに届く、それに希望をヒラリとのせるかのように…。

「じゃあ、最善を尽くしますので…」

探偵と別れたあとは、どこか心がすがすがしかった。彼女が見つかろうが、見つかるま

いが、やるべきこと、打つべき手は打った。そういう思いであった。大事な書類を新たに手に持って、木村は、電車で家へと帰った。アパートに近づくたび、イヤな胸騒ぎがする。いつも、そうだった。この帰り道は、なんという地獄道だろう。タバコとジュースを買うと、玄関のポストのカギをあける。ここで木村は、ジュースをポトリと下に落とした。拾い上げた木村の視界に、人間がボンヤリ映った。

「こんにちは」

「…こんばんは…」

その男もポストをあけ、木村の横にビッシリとポジションを取って動かない。五秒…十秒…十五秒…ポストの中を調べるふりで、気が気でない木村から、その男は、ようやくアパートの内部へと侵入していった。ポツリと一人残された木村は、ポツリとこうつぶやく。

「…まただ…」

3

「ぼくは完全に、このアパートにのろわれている…でなければ、なぜ、いつも出る時、帰った時、必ず誰かに出会う…？　あんなおかしなこと、こんなバカなことがこうも次から次へと、なぜ降り注いだ？　さらに隣のやつは、一体何者だ…？　昔の同級生の化身？

それとも…探偵…？　バカな、バカな…探偵と警察が、こぞって盗聴…？」

次から次へと、気持ち悪い過去の出来事と、それに伴う観念が、グルグルとメリーゴーラウンド化して、木村の脳裡を駆け回っていた。

「さっきの男…この書類を盗み見た？　すり替えた？　…ポストの番号、気づいた？　…明日の仕事の採用通知を奪い取るう…？　仕事先にも、探偵にも、こう言う？　《あいつは、二度もケーサツにつかまったんだよ》と…。ああ、終わりだ。全てオジャンだ。彼女も、仕事も、逃げてゆくう、このつかみかけた手から、奪われてゆくう…!!」

こうなると、ＴＶもジュースもタバコも、何の慰めにもならない。イライラしてる心と体を、無理やり寝かしてみても、意味はない。ねむれない、悩み、悔やみ、いらだち、憎しみ、悲しみ…ソロウ。たまらず、１０４にＴＥＬ《テル》をする。

「いのちの電話ですね。これから案内します」

メモに書きなぐったその番号を、急いで押してみる。ツーツーツー、リダイアル、ツーツーツー

「ああ、もうだめだ、崩れてゆくう…」

木村は、真っ暗な部屋の中央にたたずむ、火のつかないローソクであった。暗い、とても暗くて、みじめ…。早く、このアパートから逃れたい、遠く、できるだけ遠くに…。イ

ライラした木村は、ティッシュを取り、ダンボールの中の、雑誌をさぐり始めた。

「ぬくんだ、こんな時は…」

うじゃうじゃした、いっぱいの虫を頭にかかえて、必死にダンボールの中をさぐっていると、ヒラヒラと、一枚の何かが、木村の足元に舞い落ちた。それは、まぎれもない、どこへやったか、探しても探しても見つからなかった、彼女のくれた一枚の写真であった。

「……ミイちゃん……」

その写真を拾い上げると、強く胸に抱いて、木村は、正座をしながら強く祈っていた…。

「まだ…まだ、つながっていたね。ミイちゃん、こんなところで。また、君に出会えるような気がしてきた…」

ティッシュを、涙をぬぐう道具と変えて、木村の心と体は、再び洗われた。

エンド・オブ・ソロウ
それは、再び彼女とめぐり会えるとき…

エンド・オブ・ソロウ…

その日は、こない…

……ソロウ
なぜなら、彼女は幻影で立ち止まったまま…

実験的ノベル

1

「おにいちゃん、おそい」

「ごめんよ、いもーとよ。おわびにDVD買ってあげるから、ゆるして」

「うん、新ちいケータイも買ってくれる？」

「いいよ、いいよ、何でも買ってあげる」

兄は、うれしいのである。我がいもーとがきがねなく、えんりょなく、甘ったるい声であまえることが…。

「おにーちゃん、DVDもいいけど、それより…」

「なんだね、いもーとよ」

ここで、いもーと、高田レイ子は、こびる口もとをすぼめ、

「…また家賃が払えなくって、それで…」

「この前の十五万円は？」

するとレイ子は、ぷくっと左ほほをふくらませ、アイスティーのストローをぐりぐりいじらせながら、

「あれ、じつは、ぬすまれちゃった」

「え、どういうこと？　だれに？」

「ピッキングされたのう。部屋かえったら、いろいろあさられていて。ホラ、あたしたちバカだから…」

「くわしく話してよ」

兄は、手にはさんだタバコの灰がジリジリとまた『弟（ブラザー）』をおかしてゆくのをおびえる…。

「あたし、かわいいから、よくつけられるのよ、へんなやつらに。それで、こんなかっこうでしょ、ねらわれやすいのう…」

『………』

「ネイルきずつくの、いやだから…ケーサツには、いってないの…」

『…ネイル…？』

「ほら、ユカがネイルアーチストめざしてるでしょ。今、ケーサツよぶと、まずいのよ」

『…ホワイ…？』

「おにーちゃん、何ボーッとしてるの、ちゃんときいてよっ!!」

『…兄さん…タバコ…』

ハッと気づいた吉川は、どうようしながら、レイ子の顔をまともにみれなかった…。

「おにいちゃん、下向いてないで…おねがい、ユカとレイ子を助けてっ!!」

「…それで、いくら必要…？」

「五十万」

『五十万、ゴジュウマン……ゴジュウ……ユウ……』

ウアアアア……

のどのいたみをふりきって、アイスコーヒーを、いっきにのみきると、

「いいよ、かわいい、いもーとのためだ。今度は、そんなことないよう、気をつけるんだぞ」

「やったー、だから、おにーちゃん、ちゅき♡」

2

吉川広が、高田レイ子に出会ったのは、新宿にあるクラブ「メイクラブ♡」で、客とホステスとして、運命的な感動の炎の中でであった。吉川についたレイ子は、うぶなほほえみで、お酒をついで、まるい腰を、あやしくゆらめかせ、そのギャップに、吉川のハートに火がついたのである。やがて、火がとまらない吉川の体が、新宿にすいよせられて、「メイクラブ♡」のもとで、彼は恋におちた。三十年目の春であった…。

「おにいちゃん!!」

彼が、シートについて、彼女を指名して、一本のタバコをすって、この感覚の一時を楽しんでいると、レイ子はニコニコ満面の笑みで、こう出迎えるのであった。

お・に・い・ち・ゃ・ん

十歳年下の女性の、そのよびかけ。あまい、あまい、禁断の世界の、ヒミツの恋。

わたしは、君をいもーととしてあつかう

わたしは、君をいもーととして恋する…

この感覚がたまらなく、ほうわした快感状態にして彼をつつんで、このまるい世界から、足をとび出せず、彼の足は、週に一度は新宿にむかい、いもーとのために、おいちい酒を注文し、めずらちい料理をたのみ、高価なプレゼンチョを買い与えていった…。やがて知ったことは、レイ子という本名と、ユカという同居人がいること、家賃を二ケ月滞納してること…。

「わかった、いいよ、わたしが、それくらい出してやるよ♡」

この一ことが、彼をボッキさせ、とまらなくなったのであった…。

3

「じゃあ、そろそろお店いこ♡　今日はイベントだから、どーしてもおにーちゃんには来てほしかったんだあ」

そういって、アイスティーをのみほすレイ子の口びるが、ストローですぼまるのを、兄はとおくの方から、無機質に感じていた。

「おにいちゃん、また、ボーッとして、さ、お店いっしょにいこ、ね」

「あ、ああ…しかし、五十万か…まあ、おにーちゃん、がんばるよ」

「それでこそ、おにーちゃんだよ。ねえ、今日のアタシ、キレイ？」

『………』

「ああ、きれいだよ、いもーとよ」

ミスドを出ると、吉川は、

「ねえ、ユカちゃんて、ほんとにネイルアーチストめざしてるの？」

「そうよ、なぜっ」

「あ、いや、今日は風が冷たいな…」

4

「いらっしゃいませ!!」

ボーイが立ち並んでむかえる。奥への花道を吉川とうでをくんで、ゆっくり歩いてゆくレイ子の顔は、とくいげである。となりの吉川の耳には、

「また、あの子、あの人つれてきたわ」

「ヒソヒソ…まさかね…とはね」

花道の奥は、はなやかにいろどられた、ゲンソウの世界…きれいな服をきかざった美女とスーツ姿の野じゅうのむれ…。

兄は、もはやこの世界が、ちっとも楽しいものではなくなる、フィルターをとりのぞかれた現実の世界に、足をふみしめていた。ただ『弟』が心配だった。

「おにいちゃん、今日は何たのむ？」

『……』

「ヘネシー？　ドンペリ？　それとも、思いきってスペシャル…」

『…スペシャル…？』

「ねえ、きいてるの、おにーちゃあん」

『…おにいちゃん、また、このおねーちゃんが、ぼくをいじめる…』

ハッと立ちあがった吉川は、レイ子をみすえて一言…

「今日は帰る…」

「えーなんで？　おにーちゃん、どうしたの？」

「お…おとうとが、病気なんだ、ごめん…」

この時、吉川に走った殺気を、レイ子は感じた。

「…そ、そう……じゃあね」

とレイ子も立ちあがり、無言で彼の背中についてきた。かいだんをのぼり、地上の、くらい光のもとで、

「サヨナラ」

といおうとしたレイ子に、しゅんかん、計算が走った。独特の女のきゅうかくで、

「ねえ、またきてくれるよね、おにいちゃん♡」

「グッバイ…」

「エッ？　なに？」

「マイ・ブラザー、アイ・ヘイト・ユー」

「え、それ、どういういみ？」

ポツリと立ちすくむレイコに、吉川は、

「いや、何でもない。またくるよ、ただ…」

「ただ、何？」

「おとうとが、今死んだ、風の知らせだ」

「え、病気だっていう、その…おとうとが…？」

「そう、もう、わたしの中に、弟はいない…」

5

真冬の夜の風が、たえまなく吉川の姿をさらした。三十年目の春は、彼の中の弟の死と共に、まくをおろしたのであった。そう、あまりにも気が弱くて、人におびえ、きずつきやすく、もろくて、かよわい、何でも人のいうことをきく。もし相手のいうことをきかなくて、人がそれで離れてゆくのが、あまりにもこわい。金持ちの弟『ヒロシ』を強引に殺した吉川広は、やっと一人になれた自由のさみしさに、さらされていた。

「なにが、なにが、おにーちゃんだ、なにがピッキングだっ、ネイルアーチスト？　うそだ、うそだ、どーせ、フーゾクで働いてんだろ。ホストにみつぐためになっ。そもそも、ユカという同居人、ほんとにいるのか？　そうだ、うそだ、うそだ、全部うそだ。ねこそぎ、はぎとったんだ。あり金全部みついでやったぞ。もう、甘えたってヘド以外何も出やしないぞ。

　ああ、ごめんだ、もーごめんだ。こんな関係も、こんな関係でしか、だれかとつながれない自分も、つながれている我が運命も、こんな夜も、朝も、昼も、この世界も……もう、ウンザリだ。全部、消えてなくなれ。星もおちてしまえ、まっくらになれっ!!」

　ブツブツと、歩いている吉川に、客引きの男性が、

「ちょっと、おにーさん、いい店だよ、一時間、たった三千円…」

「………」

『………』

「おにーさん、たった三千ポッキリ、すぐそこだから…」

「かわいい子、いっぱいいますから、ね、おにーさん」

『……アアアァ……』

「ゲット…」

「え、なんです？　よってきますか？」

「ゲット・アウト・フロム・ヒアー!!（マイ・ブラザー）」

ユイエ短編集

2002年4月15日　初版第1刷発行

著　者　etc…
発行者　瓜谷 綱延
発行所　株式会社 文芸社
〒160-0022　東京都新宿区新宿1-10-1
電話　03-5369-3060（代表）
03-5369-2299（営業）
振替　00190-8-728265
印刷所　株式会社 平河工業社

ISBN4-8355-3022-5 C0093